ÊTRE

Du même auteur

Cher Émile,
roman, éditions du Septentrion
(collection Hamac), 2006.

Martel en tête,
roman, éditions Les Intouchables,
1998 – épuisé.

Éric Simard

Être

nouvelles

Hamac

Les éditions du Septentrion remercient le Conseil des Arts du Canada et la Société de développement des entreprises culturelles du Québec (SODEC) pour le soutien accordé à leur programme d'édition, ainsi que le gouvernement du Québec pour son Programme de crédit d'impôt pour l'édition de livres. Nous reconnaissons également l'aide financière du gouvernement du Canada par l'entremise du Programme d'aide au développement de l'industrie de l'édition (PADIÉ) pour nos activités d'édition.

Directeurs de collection : Adeline Corrèze et Éric Simard

Chargée de projet : Adeline Corrèze

Révision : France Brûlé

Correction d'épreuves : Sophie Imbeault et Carole Corno

Mise en pages et maquette de la couverture : Pierre-Louis Cauchon

Si vous désirez être tenu au courant des publications
de la collection HAMAC
et des ÉDITIONS DU SEPTENTRION
vous pouvez nous écrire par courrier,
par courriel à sept@septentrion.qc.ca,
par télécopieur au 418 527-4978
ou consulter notre catalogue sur Internet :
www.hamac.qc.ca ou www.septentrion.qc.ca

1300, av. Maguire
Québec (Québec)
G1T 1Z3

Diffusion au Canada :
Diffusion Dimedia
539, boul. Lebeau
Montréal (Québec)
H4N 1S2

Dépôt légal :
Bibliothèque et Archives
nationales du Québec, 2009
ISBN 978-2-89448-571-2

Ventes en Europe :
Distribution du Nouveau Monde
30, rue Gay-Lussac
75005 Paris

Membre de l'Association nationale des éditeurs de livres

Et moi aussi j'ai voulu être

Jean-Paul Sartre (La Nausée)

À tous les gens qui se débattent
du mieux qu'ils peuvent avec la vie

Merci à Portishead, Sigur Ròs et Alexandre Désilets
pour m'avoir accompagné tout au long de la réécriture de ce projet

Un merci spécial à MHV, mon impitoyable lectrice

Vivre

L'été est déjà fini, mais Boris n'a pas envie. Il voudrait qu'il s'éternise.

L'école recommence aujourd'hui. Boris est loin d'avoir hâte. Il ne veut même pas y retourner. S'il pouvait repousser indéfiniment ce retour en classe, il le ferait volontiers et ça ne changerait strictement rien à sa vie.

Mais, ce n'est pas lui qui décide.

Sans grande conviction, sa mère lui répète constamment que c'est important qu'il aille en classe. Lorsqu'il lui demande pourquoi, elle ne trouve rien d'autre à lui répondre qu'un banal « Parce que ». Mécontent d'une réponse aussi stupide, il y va toujours de son « Oui, mais ! » qui fait sortir sa mère de ses gonds. Elle lui flanque une bonne claque derrière la tête et la discussion est considérée comme étant close.

Il ferme sa gueule et joue à l'enfant obéissant.

En vérité, il est indifférent aux remontrances.

Boris éprouve de sérieuses difficultés d'apprentissage. À son école, il est devenu un cas. On n'ose pas dire désespéré. Ces choses-là se pensent, mais ne se disent plus. Par contre, on théorise à tort, et surtout à travers, pour essayer de comprendre et d'expliquer ses insuccès. Il bénéficie de l'aide de nombreux spécialistes. On tente d'adapter le programme à sa nature qualifiée de « sauvage ». Rien n'y fait, Boris ne retient aucune notion d'enseignement. Il ne fait pas d'efforts et il se méfie du système scolaire. Il imagine toujours un piège derrière la matière. Tout est conditionnel dans cet établissement et on lui sert chaque fois la même rengaine.

Si tu fais ceci, tu pourras faire cela. Si tu ne le fais pas, tu ne seras jamais rien dans la vie. Si, si, si, c'est pour ton bien mon grand et d'autres conneries du genre.

Voilà ce qu'il retient de ce charabia pédagogique.

Boris n'adhère pas à ce genre de doctrine. Pour son bien, mon œil. Il n'a rien demandé à personne. À les entendre, tous travaillent pour l'aider. Pourtant, les punitions se succèdent les unes après les autres. Parce que tu n'as pas été gentil, tu auras une retenue. Parce que tu as été dissipé, tu seras privé de récréation. Parce que tu as été impoli envers le professeur, tu dois recopier cent fois : « Je dois respecter les autres ».

« Et je vous emmerde tous », aurait-il envie d'ajouter. Mais cent fois, ce serait trop long.

Le personnel enseignant est découragé. Toutes les méthodes pédagogiques qu'ils ont essayées sur lui se sont révélées de véritables échecs. Le cas Boris leur donne maintenant de l'urticaire. Il est devenu un sujet de raillerie dans la salle des professeurs. Certains vont même jusqu'à éprouver à son endroit un sentiment de méchanceté proche de la haine.

Malgré tout, la direction s'entête, persiste et signe. On veut à tout prix le réhabiliter pour en faire un citoyen dans la norme. Toujours pour son bien. En réalité, ils ne veulent pas perdre la face.

À plusieurs reprises, ils ont voulu collaborer avec sa mère pour le ramener dans le droit chemin. Ils n'ont rien obtenu. Les difficultés de son fils ne l'intéressent pas. « Qu'il se débrouille », leur a-t-elle dit. Qu'il fasse comme elle a fait. Ce n'est pas son problème. C'est à l'école de s'arranger avec ça. « Au salaire qu'on paye les professeurs ... »

Depuis que sa mère a refusé de collaborer, la situation de Boris a empiré. Le personnel enseignant de l'école Immaculée-de-Blanc est constamment sur son dos. Il est devenu son souffre-douleur. Celui qu'on prend plaisir à détester. La moindre petite chose est prétexte à lui faire sentir qu'il est de trop dans cet établissement. On lui fait carrément payer l'attitude de sa mère.

Boris doit reprendre son année. C'était prévisible. On lui avait fait cadeau de la précédente alors qu'il avait à peine les notes pour passer. Ça n'étonne personne. De toute manière, le faire monter l'an dernier était une façon d'évaluer sa motivation. Avec une moyenne de 40 % dans toutes les matières et des commentaires du genre « trop agressif », « manque d'attention », « perturbe ses compagnons », « impoli envers le professeur » apposés au bas de son bulletin étape après étape, le message qu'il envoie ne fait aucun doute. Il a bien mérité ce qui lui arrive.

Boris s'en fout. Il ignore la signification de tout cela. Le directeur le lui a expliqué en prenant sa grosse voix impressionnante et en utilisant des mots compliqués. Il a fini par comprendre qu'il n'était pas assez intelligent pour suivre les autres élèves de son âge. Ça l'arrange. Il ne les aime pas. Il ne les aura plus dans les pattes pour se faire traiter de tarla, d'épais et de fils de pute dès que le professeur a le dos tourné. Il aura au moins la paix pendant les heures de classe.

Il est content au fond. Il n'a pas osé le dire au directeur. Il a failli mais s'est retenu juste à temps. Il se serait mis en colère encore une fois comme si c'était impensable de souhaiter doubler son année scolaire.

En ce jour de rentrée, sur le chemin qui le mène à l'école, c'est à tout ça qu'il pense, Boris. Il s'y rend sans enthousiasme. Il espère seulement ne pas avoir à nouveau madame Lachance comme professeur. Il n'a pas envie de se faire répéter à tout bout de champ qu'il est bien le fils de sa mère. Madame Lachance la connaît et ne la porte pas dans son cœur. C'était leur voisine jusqu'à ce que sa mère couche avec son mari. Elle l'a dit à tout le monde par la suite. Elle disait aussi que sa mère couchait avec tous les hommes du village. Elle utilisait le mot « pute » pour être certaine de son effet.

Lorsqu'elle voit Boris, madame Lachance a toujours en tête cet épisode sombre de sa vie. Ça la met dans tous ses états et elle doit contenir sa colère.

Boris se jure que si jamais il se retrouve encore dans la classe de madame Lachance, il pourrait faire un geste regrettable. Il ne sait pas lequel, mais il sait qu'il n'a jamais été aussi sérieux de toute sa vie.

Aux abords de l'école, il aperçoit un groupe d'élèves qu'il n'aime pas du tout, ceux-là mêmes qui lui crient des bêtises constamment. Leur simple vue le rend tout à l'envers. Son corps est mou comme de la guenille. Le sol semble vouloir se dérober sous ses pieds. Il a peur de perdre connaissance. Il s'immobilise pour reprendre ses esprits. Son cœur bat à tout rompre dans sa poitrine.

Boris ne veut plus avancer. Il a la chienne. Il ne comprend plus ce qui lui arrive. Avant, il se foutait des autres et de leur stupidité. Maintenant, il est tout à l'envers à la seule idée de mettre le gros orteil dans la cour de récréation. En même temps, c'est tellement clair dans sa tête qu'il n'a plus envie qu'on le traite comme on l'a toujours fait. Pour une fois dans sa vie, il aimerait pouvoir faire une entrée discrète et se fondre dans le décor sans qu'on se rende compte de sa présence.

Être là, tout en ayant l'air de ne pas y être.

Comme la plupart des autres enfants.

« Comme la plupart des autres enfants ! », se répète-t-il dans sa tête pendant qu'il se rapproche de l'école.

À quelques mètres de l'arrivée, il ne peut plus avancer. Il se cache derrière un arbre pour n'être vu de personne. Il observe pendant que son cœur bat la chamade. C'est la cohue devant la porte de l'entrée principale. Les enfants crient, s'excitent et s'énervent. Plusieurs professeurs tentent de calmer leur ardeur. Dont madame Lachance.

En l'apercevant, Boris a envie de vomir.

« N'y va pas, ne fais pas ça », semble lui dicter une voix.

Il a mal au cœur. « N'y va pas, ne fais pas ça. » Des spasmes intenses au creux de l'estomac. « N'y va pas. » Un goût de bile dans la bouche. « Ne fais pas ça. » De la sueur perle sur son front. « N'y va pas, ne fais pas ça. » Son déjeuner lui remonte dans la gorge. « N'y va pas. » Il en a plein les narines. « Ne fais pas ça. » Et ça recommence. « N'y va pas, ne fais pas ça, n'y va pas, ne fais pas ça, n'y va pas ne fais pas ça n'y va pas ne fais pas ça. »

Il a l'impression que son corps est en train de se vider complètement. Il pue. Il a chaud.

Au bout de quelques secondes, il est étrangement calme. Le malaise semble être passé. Le poids énorme qu'il portait sur ses épaules vient de tomber à ses pieds. Le voilà tout léger comme les feuilles d'un cahier qu'on déchire et qui virevoltent dans les airs.

Il remarque le parfum frais de la fin de l'été. Il a le cœur souriant. Il a le goût de chanter les comptines poches apprises à l'école en gambadant par les chemins de terre de la forêt. Pendant très longtemps. Aussi longtemps qu'il le voudra.

Sans perdre une minute de plus, il part à toute allure dans les sentiers sauvages. Les bras tendus de chaque côté de son corps, il imite le vol d'un avion. Il fait peur aux oiseaux et aux écureuils. Ça le fait rire. Il fait l'avion jusqu'à s'étourdir. Dans une simulation d'atterrissage forcé, il s'écrase dans les hautes herbes d'un champ de blé. La tranquillité de la nature vient surprendre ses oreilles.

Étendu dans l'herbe sur le dos, le corps en croix, il regarde le ciel.

Petite particule échouée dans cette immensité.

Le bruit de son souffle se mélange au bruissement du blé et au chant des cigales. Une sensation de paix règne autour de lui. Cette parcelle du monde lui appartient.

De petites fourmis viennent chatouiller les paumes de ses mains. Une abeille en manque de pollen bourdonne à son oreille. Boris sourit à pleine bouche. De petites cascades de rires naissent dans son ventre et coulent jusqu'à sa gorge déployée.

Boris est heureux.

Boris est heureux d'être là où il se trouve.

Il ne pense à rien. Il a l'impression d'être en vacances. Il n'a pas à se défendre de personne, à rendre des comptes, à mentir sans se faire prendre, à se sentir coupable d'être ce qu'il est. Il n'a pas non plus à se battre contre sa mère et le monde entier.

Il est bien.

Quelques cimes d'arbres se balancent légèrement au gré du vent. Il n'y a pas l'ombre d'un nuage. Le temps semble s'être suspendu entre son corps et le ciel.

Boris aimerait pouvoir rester là indéfiniment, sans que rien ne bouge. Il voudrait ne plus avoir faim, ne plus avoir froid, ne plus avoir besoin de quoi que ce soit, ne plus avoir peur pour ne plus souffrir.

C'est une prière qu'il envoie au ciel.

La nature le berce doucement, tendrement. Poings serrés, recroquevillé sur lui-même, il dort comme le ferait un nouveau-né. Il a les joues rougies par le soleil et le vent.

Le croassement d'un corbeau le tire de son sommeil. Le soleil, très haut dans le ciel, l'empêche de bien voir où il se trouve. Ses pensées sont confuses. Il se sent un peu perdu. En voyant le champ de blé, une tristesse l'envahit.

Un frisson lui traverse le corps.

Il est cloué au sol. Il pèse une tonne. Sa tête encore plus. Il a froid. Il a faim. Il a peur. Il se dit qu'il a dû agir pour le mieux. Il n'est pas en mesure de savoir. Il sait seulement qu'il souffre.

Sa mère lui a déjà dit qu'il n'aurait jamais dû venir au monde.

Il la déteste.

Boris pleure de n'être pas grand-chose pour sa mère et d'être seul au monde.

Rien que d'y penser le fait pleurer davantage. De gros sanglots incontrôlables lui sortent de la poitrine. C'est un torrent de larmes. Un torrent qui finit par se calmer pour laisser toute la place à la tristesse.

Tout doucement, il émerge d'un grand trou obscur. Il entend à nouveau sa respiration. Lente, fragile et saccadée. Le sang qui coule dans ses veines suit le même rythme irrégulier. Il peut deviner le chemin qu'emprunte chaque globule de son corps. Il sent les petites décharges électriques pénétrer dans son cerveau.

La machine à penser repart de plus belle.

Tout ce qu'il déteste de sa vie refait surface. Il reste insensible à ce flot d'idées.

D'un bond énergique, il se relève et court en direction du ruisseau. Il a bien l'intention de s'y baigner. Juste après avoir lancé des cailloux dans l'eau.

Apprendre

Juliette a quatre ans. C'est une petite fille curieuse qui ne peut s'empêcher de tout mettre dans sa bouche. De toucher à tout. D'explorer ce qui l'entoure. Elle aime la vie sans le savoir. Elle voudrait la mâchouiller, la mordre et puis l'avaler.

Depuis quelque temps, sa mère fait tout pour corriger cette vilaine habitude qu'elle ne peut plus supporter.

Aujourd'hui, juste avant qu'elles partent toutes deux faire des courses, la consigne est claire : interdiction pour Juliette de toucher à quoi que ce soit et obligation de bien se comporter et de rester sage.

La mère et la fille ont à peine franchi quelques mètres que Juliette aperçoit une gomme collée sur le trottoir. Ne suivant que sa curiosité, elle se penche pour la ramasser. Sa mère, qui a tout vu, l'en empêche en l'empoignant vivement par le bras déjà tendu vers sa découverte.

— Juliette, non ! Qu'est-ce que maman vient juste de te dire ? Hein, qu'est-ce que maman t'a dit ? Regarde-moi quand je te parle ! Maman t'a dit, et ce n'est pas la première fois, de ne pas ramasser ce qui traîne sur les trottoirs et encore moins de les mettre dans ta bouche. C'est dégoûtant et en plus tu pourrais attraper toutes sortes de microbes et tomber malade.

Juliette ne dit mot. Elle se résigne à laisser derrière elle cet alléchant petit trésor.

Plus loin, elle voit un gros chien qui ressemble à un énorme toutou moelleux. Encore une fois, ne suivant que son instinct, elle se précipite vers lui pour le flatter. Elle devine déjà l'immense plaisir qu'elle ressentira en enfouissant son visage et ses petites mains dans cette peluche pour sentir la douceur des poils sur ses doigts et sur ses joues. Mais, toujours aux aguets, sa mère intervient pour mettre un terme à cet élan incontrôlable.

— Juliette, non ! Je t'ai déjà dit de ne pas faire ça. C'est plus fort que toi, hein ? Il faut que tu touches à tout. Est-ce que tu le connais ce chien ? Il a l'air gentil comme ça, mais il est peut-être méchant. Il faut toujours te méfier. Il pourrait te mordre férocement. Tu aimerais qu'il te saute dessus ? Qu'il abîme ton joli visage ?

Juliette se tait. Sa petite main tâte le contour intact de sa joue. Elle regarde tristement le gros chien qui a l'air si adorable. Elle lui envoie la main en reculant d'un pas. Il pleurniche en bougeant la queue. Le maître semble la regarder de la même façon.

Penaude, Juliette se met à sautiller sans grand enthousiasme entre la rue et le trottoir. On a envie de rigoler en la voyant faire. Elle finit par trouver son petit jeu improvisé pas du tout désagréable. Sa mère ne le perçoit pas du même œil.

— Juliette, non ! Je t'ai déjà dit de ne pas faire ça. Il faut que tu restes sur le trottoir. Regarde-moi ! Tu as compris ? C'est dangereux de marcher dans la rue. Une bicyclette pourrait te renverser et te faire très mal. Si c'est une voiture, ce serait encore pire. Elle te tuerait sur le coup. Fais comme moi, reste sur le trottoir. C'est plus prudent. Comme ça, tu es certaine qu'il ne t'arrivera aucun incident regrettable.

Juliette, les épaules tombantes, d'un air grave, revient près de sa mère et se colle contre sa jambe. Elle imagine son corps défait en mille morceaux sur la chaussée.

Cette image disparaît aussi vite qu'elle est arrivée et l'idée d'un nouveau jeu lui vient spontanément en tête en apercevant les séparations du trottoir. Le règlement qu'elle s'invente lui interdit de marcher sur les lignes. Elle s'applique à le respecter à la lettre. Tellement qu'elle ne voit pas venir l'homme qui marche en sens inverse devant elle. Et bang ! Sa petite tête cogne contre les grandes jambes du monsieur. Elle est davantage surprise que sonnée.

— Excusez-la monsieur. Je ne sais vraiment pas quoi vous dire ! Vous savez ce que c'est, les enfants !

Le monsieur pose tendrement sa main sur la tête de Juliette et lui fait un gros clin d'œil sympathique. Gênée, elle ne sait pas comment réagir. Elle se met à rire nerveusement pendant que l'homme poursuit son chemin tout bonnement. Sa mère n'est pas d'humeur à rire.

— Tu mets ta maman dans des situations embarrassantes et tout ce que tu trouves à faire est de rigoler. Tu sauras Juliette que ce n'est pas drôle du tout. Et pour la dernière fois aujourd'hui, tâche de regarder où tu mets les pieds. Compris ?

Juliette ne sait plus où se mettre. Elle a honte. Elle voudrait disparaître.

La mère et la fille poursuivent leur promenade en silence jusqu'au centre commercial. Avant d'entrer dans un grand magasin, sa mère se retourne vers Juliette pour lui dicter des consignes importantes à respecter : « Turegardesavectesyeuxtu netouchesàrientuneparlesàpersonnetunet'éloignespasdemaman. »

Juliette écoute distraitement. Toute son attention est dirigée vers une énorme poupée qui se trouve dans la vitrine juste devant.

— Compris ?

Elle fait un vague signe de la tête en continuant de contempler la poupée.

À l'intérieur, Juliette est éblouie par tout ce qu'elle voit. Elle tombe sous le charme de milliers de choses étincelantes aux couleurs vives. Elle est irrésistiblement obnubilée par un objet jaune, brillant et aux formes bizarres. Il ne lui en faut pas plus pour s'en approcher.

Sa mère, qui heureusement la guettait du coin de l'œil, l'aperçoit juste au bon moment.

— Juliette, non ! Qu'est-ce que je t'ai dit avant d'entrer ?

Juliette, prise au dépourvu, est incapable de répondre.

— Qu'est-ce que je t'ai dit, hein ? Tu ne m'as pas écoutée, c'est ça ? C'est toujours la même histoire avec toi. Tu n'écoutes jamais. Cette fois-ci, je te prie d'ouvrir tes oreilles. TU NE TOUCHES PAS. OK ? Ces objets ne nous appartiennent pas. Je n'ai pas envie que tu les brises et que je sois obligée de payer pour réparer tes bêtises. Compris ?

Juliette lâche un gros soupir de découragement teinté d'impatience. Sa mère n'apprécie pas du tout cette façon de se comporter.

— Qu'est-ce qui te prend tout d'un coup ? Tu parles d'une façon d'agir lorsque maman te parle. Ton attitude est inacceptable, Juliette. Regarde-moi au moins quand je te parle !

Sa mère lui prend le menton et la force à la regarder.

— Tu as compris tout ce que je viens de te dire ?

Juliette, intimidée, fait un oui de la tête et n'ose plus rien faire par la suite. Elle suit sa mère de près, de si près qu'elle finit par lui marcher sur les talons.

— Juliette, ça suffit ! On dirait que tu le fais vraiment exprès. Si ça continue, on rentre à la maison et tu vas réfléchir dans ta chambre jusqu'au souper. Compris ?

Juliette ressent une forte envie de pleurer. Elle se retient pour que sa mère ne la dispute pas encore. Elle fait également des efforts pour éviter de lui déplaire.

Au rayon des dames, sa mère essaye mille et un vêtements sans se soucier de sa fille. Juliette attend patiemment à côté de la cabine d'essayage comme sa mère le lui a ordonné mais le temps passe trop lentement. Elle s'ennuie. Elle a hâte de rentrer à la maison pour pouvoir s'amuser avec ses jouets. Elle pense à ses nombreuses poupées, à ses cahiers à colorier et à ses jeux de blocs. Pendant qu'elle rêve, elle se décrotte le nez sans s'en rendre compte. Sa mère, en sortant de la cabine pour voir comment lui va la jolie robe fleurie, la prend en flagrant délit de désobéissance.

— Juliette, qu'est-ce que tu fais là ? C'est dégoutant ! Attends-tu de te faire saigner ou de te défoncer la narine pour arrêter ? Je ne peux vraiment pas te laisser toute seule une minute sans que tu fasses des bêtises.

Juliette a un gros frisson dans le dos en imaginant son doigt lui défonçant la narine. Sa mère continue sa séance d'essayage en l'ayant bien à l'œil. Un peu fatiguée, Juliette décide de s'asseoir par terre pour reposer ses jambes. Son projet est loin d'obtenir l'aval de sa mère.

— Juliette, tu veux vraiment faire fâcher maman ? Qu'est-ce que tu fais assise par terre ? Tu veux salir tes beaux pantalons, c'est ça ? Tu m'avais promis que tu ferais attention, rappelle-toi. Maman ne voulait pas que tu mettes ceux-là. L'avoir su, tu ne serais pas venue avec moi. Je m'en souviendrai la prochaine fois.

Penaude, Juliette se lève, secoue ses pantalons et part sans attendre sa mère en train de faire son choix. Elle prendra la robe bleue, la jupe rouge et le chemisier orange. Elle règle la facture à la caisse et se dirige vers la sortie. Juste avant d'ouvrir la porte, elle se rend compte que Juliette n'est pas à ses côtés.

Elle se retient pour ne pas exploser de rage. Elle s'avance dans l'allée centrale. Regarde à gauche, à droite. Pas de Juliette en vue. Elle continue d'avancer en prenant soin de regarder dans chacune des rangées. Avant d'arriver au fond du magasin, elle reconnaît le pantalon de sa fille. Juliette s'amuse avec une énorme toupie qu'elle fait tourner au centre de l'allée. Sa mère, ahurie, se précipite vers elle.

— Juliette, qu'est-ce que tu fais là ? Pourquoi tu t'es éloignée ? Tu veux te perdre, c'est ça ? Et je t'ai redit mille fois de ne pas toucher aux objets qui ne t'appartiennent pas. Ton comportement est tout à fait inacceptable. Si tu savais à quel point tu me déçois ! Viens, on rentre à la maison. Et tu ne rouspètes pas !

Juliette obéit aux ordres de sa mère sans émettre le moindre son. Son petit corps est raidi par la peur. Sa mère, encore fâchée, ne parle plus du tout. Un lourd silence les sépare.

En chemin, sa mère s'arrête à l'épicerie. Près du comptoir, il y a une multitude de bonbons.

Juliette salive en voyant toutes ces friandises sous son nez. Elle aimerait que sa mère lui en achète au moins une. Elle hésite, puis se décide.

Maman, je pourrais tu avoir le petit collier en bonbon ?

— Juliette, j'espère que tu n'es pas sérieuse ! As-tu été obéissante cet après-midi ?

— S'il te plaît maman ?

— Juliette, qu'est-ce que je t'ai dit ?

Juliette ne prend même pas la peine de répondre à la question de sa maman.

En sortant de l'épicerie, Juliette demande à sa mère si elle peut traîner le petit sac jusqu'à la maison. Sa mère le lui tend en lui demandant de faire attention. Juliette, en plus de se sentir utile, est fière comme pas une. Aujourd'hui, le sac est un peu lourd. Elle a du mal à le soulever. Elle n'ose pas le dire à sa maman. Elle a beau le tenir de toutes ses forces, il traîne inévitablement par terre.

— Juliette qu'est-ce que tu fais pour l'amour ! Tu me décourages. Depuis quand on traîne un sac de cette façon ? Des fois, je me demande ce qu'on va faire avec toi ...

Sa mère lui retire brusquement le sac. Juliette, surprise, fige sur place. Elle ressemble à un animal pris au piège.

Le reste du trajet se passe dans le calme. Juliette fait très attention. Son comportement est irréprochable, au plus grand soulagement de sa mère.

En tournant le coin de la rue, Juliette aperçoit son père devant la maison. Surexcitée, elle se met à courir vers lui en lâchant des petits cris de joie.

— JULIETTE, ON NE CRIE PAS COMME ÇA EN PLEINE RUE !!! ON NE COURT... tente de lui faire comprendre sa mère.

Juliette, trop heureuse de voir son père, poursuit sa course. Juste avant d'arriver, son pied droit s'accroche dans une motte de terre. Elle tombe sur les mains et les genoux. La douleur est vive.

— Ça t'apprendra à courir sans regarder où tu mets les pieds, lui dit son père.

Juliette se met à pleurer.

Souffrir

À Donatien

Quelque part au Québec, un garçon voit le jour. Comme la plupart des enfants qui naissent, il est en parfaite santé. Il respire normalement, il a tous ses membres, sa peau est satinée et délicate.

Aucun mauvais présage ne semble planer au-dessus de sa tête.

Pourtant, peu de temps après sa naissance, l'enfant se retrouve orphelin dans des circonstances nébuleuses.

On raconte que ses parents sont morts dans un accident de voiture. Des langues sales disent que sa mère l'a lâchement abandonné après que son père ait fui une situation qu'il jugeait inconfortable.

Probablement que personne ne saura jamais la vérité. Lui, en grandissant, choisira la première version.

Plutôt que de commencer sa vie entourée d'amour dans une maison familiale, c'est à l'intérieur d'un couvent que son apprentissage débute. Les sœurs de la charité chrétienne l'accueillent et l'élèvent comme s'il s'agissait de leur propre enfant. Elles respectent ainsi la promesse faite à Dieu au moment de prononcer leurs vœux.

Leur contribution à l'éducation de cet enfant est impeccable. Il a la chance de grandir dans un endroit sécurisant où il ne manque de rien. Il mange à sa faim, il bénéficie d'une hygiène au-dessus de la norme, il est vêtu proprement, il est soigné au besoin et il profite des connaissances de la communauté pour se développer.

C'est un enfant intelligent, curieux, charmant, enjoué et docile qui apprend très vite. Il grandit sans trop souffrir de sa condition particulière, si ce n'est de l'absence d'autres enfants et du réel amour filial.

Les premières années de sa vie passent rapidement.

À quatre ans, son destin bascule de nouveau. Encore là, personne ne pouvait le présager. Le garçonnet, quittant le monde de la tendre enfance, devient un poids pour la communauté religieuse qui l'héberge. Les sœurs anticipent les prochaines années d'un mauvais œil. Il y aura d'abord l'école et toutes les réalités se rattachant au développement normal d'un être humain. Sur ce point, elles ne se sentent pas à la hauteur pour parfaire ce qu'elles ont entamé.

D'un commun accord, elles s'entendent pour dire qu'elles sont allées au bout de leur compétence en ce qui a trait à l'aide qu'elle pouvait apporter à cet enfant. Une entente est conclue avec la direction de l'établissement de soins de santé jouxtant le couvent qui accepte de prendre sous son aile l'éducation du garçon. La vocation première de cet endroit est d'accueillir tous les êtres humains ayant une difformité de naissance, physique ou intellectuelle. Aussi, dans des cas particuliers, on accepte de recueillir des orphelins n'ayant aucun endroit où aller.

Le garçon, qui ne démontre aucun signe de déficience ou de troubles psychologiques quelconques, ne comprend pas vraiment ce qui lui arrive. Cette nouvelle réalité lui est imposée, tout simplement.

Dans cet endroit, le mot *éducation* n'existe pas. On tente de contrôler la nature sauvage des pensionnaires sans égard à ce qu'ils sont réellement. Le garçonnet régresse considérablement. En moins de temps qu'il n'en faut pour apprendre mille et une choses de la vie, il désapprend tout ce qu'on avait pu lui inculquer avant. N'ayant d'autres modèles à imiter, entre l'effroi et la fascination, il singe ce que font les créatures étranges qu'il côtoie dans cet établissement. Il oublie les mots qu'il connaît et apprend à communiquer en râlant ou en hurlant. Il grogne pour un oui et crie pour un non. Il fait le beau en sortant sa langue lorsqu'il est content. Il se frappe contre les murs lorsqu'il est contrarié. Il se laisse choir lourdement sur le sol en guise d'abdication. Il fait rire ses camarades en faisant des pitreries.

De semaine en semaine, il imite si bien le comportement des autres qu'il finit par se fondre parfaitement au reste du groupe. À le regarder, on croirait qu'il souffre d'une déficience grave.

Tout prend une autre tournure le jour où il aperçoit son corps dans un miroir. L'image que lui renvoie la glace diffère de celle qu'il s'était toujours faite de lui-même. Son corps n'a aucune anomalie visible. Il n'a pas de pied bot ni de poils de rat au visage. Sa tête n'est pas grosse comme une pastèque, ses pieds ne sont pas difformes et ses membres ne sont pas tout désarticulés. Il peut marcher normalement et, avec un peu d'efforts, s'il se concentre bien, il arrive à prononcer des mots.

Cet épisode lui est douloureux. Il commence à se demander pourquoi on l'a enfermé dans ce musée de l'horreur.

Un sentiment de révolte, qu'il ne saurait expliquer, s'installe en lui. Son agressivité augmente considérablement. Il multiplie les crises, se met à faire des coups pendables, refuse systématiquement les consignes qu'on lui dicte, ne supporte plus qu'on le touche, cherche constamment à s'isoler et ne fait absolument plus confiance à qui que ce soit.

Il paye cher le prix de sa révolte. La direction prend les grands moyens pour calmer ses ardeurs. On le force à respecter le fonctionnement de l'endroit. S'ensuit un rude combat entre le garçonnet et la direction de l'établissement. On le rue de coups, on l'enferme à la moindre occasion pendant des heures et des jours, on lui met le nez dans sa pisse ou dans sa merde lorsqu'il fait ses besoins n'importe où, on lui fait manger de force la nourriture qu'il renverse sur le plancher, qu'on lui fait laver par la suite. On lui fait subir le même traitement que celui qu'il impose aux autres. L'entêtement du garçon augmente au même rythme que le degré de sévérité des punitions qu'on lui inflige. La violence ne vient pas à bout de la carapace qu'il s'est fabriquée, comme si rien ne pouvait porter atteinte à sa rage.

Son purgatoire dure des années. Malgré les coups reçus, son physique a été épargné. Quoi qu'il fasse, il n'aura jamais l'air d'un monstre. À première vue, il ressemble à un homme normalement constitué. Par contre, dès qu'il ouvre la bouche, la brutalité de son être prend toute la place. Son allocution est hésitante et laborieuse, son vocabulaire, limité. Lorsqu'il s'exprime, on a l'impression qu'il lui manque une bonne part d'intelligence, comme si on l'avait lobotomisé.

Au bout de quelque temps, l'usine à monstre finit par battre de l'aile. L'entreprise est coûteuse pour l'État, et son mandat n'a plus réellement sa raison d'être. On décide de fermer définitivement ce faux hôpital. Les bénéficiaires sont transférés dans un asile.

Le jeune homme, maintenant âgé de quinze ans, est peut-être le seul qui pourrait se réjouir de pouvoir enfin sortir de cet univers sordide. Mais il n'est pas en mesure de le savoir.

Le nouvel endroit qui l'accueille est nettement plus vaste. Il y a moyen de s'y perdre facilement. À part quelques cris qui éclatent dans l'espace de temps à autre, un certain calme y règne en permanence. Le personnel qui y travaille est très attentionné et ne traite pas les patients comme des moins que rien.

Ici, pour lui, les jours sont moins pénibles. On s'occupe de lui différemment. Dignement, comme un humain.

Le tempérament du jeune orphelin s'adoucit. Sa rage s'amenuise. Il se sent presque bien. En lui, une certaine conscience des choses s'installe. Son passé le fait pleurer. Son présent le rend moins sombre. Ses pensées s'éclaircissent. Sa physionomie prend un autre aspect.

L'adolescent n'a plus l'impression de vivre dans un zoo. Il a, pour la première fois de son existence, une chambre à lui tout seul, un petit endroit pour se réfugier. C'est la paix qu'il y trouve. L'apaisement que cela lui procure le fait dormir pendant de longues heures le jour. Personne ne vient le réveiller brusquement sans raison. On ne l'oblige plus à rejoindre le reste du groupe dans la salle communautaire à des heures fixes. Il n'y a plus de règlement qui le stipule. Il fait ce qu'il veut quand il en a envie, du moment qu'il ne perturbe pas les autres.

Il aime ça, mais ça ne lui paraît pas normal.

Le jour, on lui permet d'aller à l'extérieur. Dans cet immense parc clôturé, il découvre des sensations nouvelles que son corps a du mal à assimiler tellement elles sont intenses. Il ne se lasse pas de voir les multiples couleurs de la nature, d'entendre le bourdonnement des abeilles, le bruit du tonnerre et le bruissement des feuilles dans les arbres, de sentir le parfum des fleurs, l'odeur de la pluie et du gazon fraîchement coupé, la chaleur du soleil et le froid du grillage infranchissable.

En glissant sa main entre les tiges de fer, le bout de ses doigts atteint tout juste la tête des pissenlits qu'il trouve magnifiques. Leur aspect l'enchante et leur douceur le rassure. Il voudrait les arracher et les mettre dans un pot pour les déposer sur sa table de chevet. Il doit se contenter d'un joli coloris jaune sur ses doigts qui le fera rêver avant de s'endormir.

Lorsqu'il est à l'intérieur, il assiste au délire contrôlé des autres patients. Il ne se sent plus concerné. S'ils se mettent à faire trop de tapage, pour ne pas les entendre, il se bouche les oreilles. Ça lui arrive de chanter par dessus pour les enterrer.

Certains soirs, il craint la tombée de la nuit, lorsque le spectre d'une vie ancienne revient le hanter. C'est une masse visqueuse et tentaculaire qui veut s'emparer de son âme et posséder son corps. Il se fatigue à combattre ses chimères jusqu'à l'aube. Heureusement, les premiers rayons du soleil chassent ses démons nocturnes.

Les arbres et les fleurs lui font oublier ses nuits mouvementées.

Chaque seconde lui permet de réapprendre à vivre.

D'autres années passent. Le temps a fait son œuvre. Le jeune homme est devenu un adulte. Faute de lui apprendre à lire et à écrire, on lui a appris la nécessité d'être toujours propre et bien vêtu, à être poli et convenable, à cuisiner, à récurer, à bricoler, à être gentil et à sourire sans arrêt.

C'est un être fonctionnel.

Un jour, on lui a donné des habits propres. Il les a enfilés. On lui a demandé de le suivre. Il a suivi. On a ouvert un immense grillage. Il n'a rien fait. On lui a dit qu'il était libre. Il a grimacé. On l'a poussé dans le dos. Il a avancé. Le grillage s'est refermé derrière lui. Devant, il y avait l'horizon à perte de vue.

Communiquer

— Papa, lance-moi la balle…

L'appel vient de loin.

Le père n'a pas entendu ce que sa fille lui demande.

La mère n'est pas là.

— Papa, lance-moi la balle…

Aucune réaction de la part du père.

— Papa, lance-moi la balle…

Le père ne bronche toujours pas.

— Papa, lance-moi la balle…

Cette fois-ci, la petite fille a légèrement haussé la voix. La différence est à peine audible.

Malgré le changement de ton, le père ne réagit pas plus.

— Papa, lance-moi la balle…

Il n'entend toujours rien. Pourtant, il est près d'elle. À quelques mètres seulement.

— Papa, lance-moi la balle…

Elle attend, laisse passer un certain laps de temps avant de réagir de nouveau.

Un silence étrange règne entre eux deux.

La petite fille trouve la situation pour le moins inconfortable et sa patience commence à atteindre sa limite.

— Papa, lance-moi la balle !

Maintenant, elle parle fort et il y a beaucoup d'autorité dans sa voix. Ça lui a échappé. Elle n'est pas pour autant fière d'elle.

De quel droit s'adresse-t-elle à son père de cette façon ? Elle le sait pourtant qu'il déteste l'entendre crier.

Elle se rassure en se disant qu'elle a tout fait pour éviter d'en arriver là. Il n'avait qu'à réagir. Il ne lui a pas vraiment donné le choix. Parler fort, croit-elle, est le meilleur moyen pour se faire entendre.

Et puis à quoi bon en faire tout un plat, puisque ça n'a pas eu l'effet escompté.

— Papa, lance-moi la balle !

Aux grands maux, les grands remèdes, se dit-elle.

Elle décide d'affronter son père en criant, tout simplement. Elle revendique le droit de vouloir jouer à la balle avec lui. C'est de ça qu'elle a envie. Pas d'autre chose.

— Papa, lance-moi la balle !

Rien à faire.

Si son père reste de marbre, l'expression de son visage, à elle, a changé. Elle est devenue sérieuse à force de demander, comme ça, à répétition. Elle a perdu son air enjoué d'enfant. Son ton n'a plus l'insouciance et la légèreté qu'il empruntait au début de ce qui se voulait les prémices d'un simple jeu. Elle ne semble pas vouloir lâcher prise pour autant. Son père non plus, dans son inertie.

— Papa, lance-moi la B-A-L-L-E !

Son ton a encore changé. Elle tente par tous les moyens de sonner le réveil de l'adversaire. Elle a décidé de mettre l'accent sur le mot *balle*. Elle le prononce férocement. On a l'impression qu'elle mord chacune des lettres du mot pour lui donner plus d'effet. Comme une balle qu'elle aurait lancée de toutes ses forces sur un mur et qui rebondirait.

Oui, elle insiste sur le dernier mot, l'objet de son désir. On peut déceler une légère dose d'agressivité dans sa façon de le dire. Elle trouve qu'elle y va un peu fort. En même temps, si elle veut obtenir ce qu'elle veut…

Son ton ne doit pas être si agressif, car ses paroles semblent être tombées dans le vide le plus total. Son père est un mur de surdité imperméable à toutes formes d'agressions.

— Papa, lance-moi la B-A-L-L-E !

Finalement, elle se rassure. Son comportement doit être correct. S'il ne l'avait pas été, son père aurait déjà réagi. Normalement, un rien l'irrite. Et puis, il est plutôt gentil son ton. Enfantin, à la rigueur. B-A-L-L-E. Le mot rebondit dans sa tête. Elle rit.

Elle se revoit plus jeune. Elle réentend ce ton gnan-gnan qu'elle utilisait systématiquement pour avoir ce qu'elle voulait. Elle n'a pas beaucoup changé après tout.

Son père, lui, a changé. Elle s'en aperçoit. Il n'est plus le même. Il s'est éteint. Avant, il entendait ses moindres murmures. Il était toujours là lorsqu'elle en avait besoin. C'était son protecteur. Même lorsque ce n'était pas lui qu'elle appelait, il accourait dès qu'il entendait le son de sa voix.

Ça l'attriste et la déçoit que maintenant, malgré ses demandes répétées, il ne fasse rien pour la satisfaire, qu'il ne veuille plus jouer avec elle. Elle aimerait juste attirer son attention un seul instant pour avoir l'impression qu'il s'occupe d'elle. Pas longtemps. Juste pour dire. Après, elle le laisserait en paix. Elle le jure.

— Papa, lance-moi la baaaaallllllleeeeeee !!!!

Non, là, elle n'entend plus à rire. La situation est ridicule. Ce n'est plus une enfant. Elle n'a plus l'âge ni le goût de faire des trucs stupides de gosses. Ça la frustre et ça la fâche que son père ne fasse plus rien pour elle, pas même l'entendre.

Enfantine ou pas, la petite fille ne lâche pas prise pour autant. Lorsqu'elle a une idée en tête, elle ne l'a pas dans les pieds. Une vraie tête de cochon. Elle a toujours été comme ça et compte bien le demeurer. Qu'on se le tienne pour dit.

— PA-PA, LAN-CE-MOI LA BAL-L-E !

La phrase est bien prononcée. Chaque syllabe clairement découpée. Il n'y a aucune ambiguïté dans le message. *Avoir une bonne prononciation permet d'avoir une meilleure communication avec son entourage.* C'est ce qu'on lui apprend à l'école et c'est ce qu'elle tente d'appliquer avec son père.

Le résultat obtenu n'est pas très concluant. Cette méthode s'avère aussi vaine que toutes les autres.

Elle regarde son père avec de la rage dans les yeux. « Si c'est la guerre que tu veux, tu l'auras », pense-t-elle.

— PA-PA, LAN-CE-MOI LA BAL-L-E ! PA-PA, LAN-CE-MOI LA BAL-L-E ! PA-PA,

LAN-CE-MOI LA BAL-L-E ! PA-PA, LAN-CE-MOI LA BAL-L-E ! PA-PA, LAN-CE-MOI LA BAL-L-E ! PA-PA, LAN-CE-MOI LA BAL-L-E ! PA-PA, LAN-CE-MOI LA BAL-L-E ! PA-PA, LAN-CE-MOI LA BAL-L-E ! PA-PA, LAN-CE-MOI LA BAL-L-E ! PA-PA, LAN-CE-MOI LA BAL-L-E !

Elle mitraille son père avec sa phrase bien découpée et impeccablement articulée. On a l'impression d'assister à un bombardement. Un bombardement qui frapperait tout sur son passage sauf la principale cible visée.

Elle est découragée, ne sait plus quoi faire et se trouve complètement idiote. Elle a envie de laisser tomber ce combat inutile.

Mais voilà que ça repart de plus belle sans crier gare.

— Paaaaaaapaaaaaaaaaa, laaaaaannnnnnn-cccccccceeeeeeeeeeee mooooooiiiiiiiiiiiiiiiiiii laaaaaaaaaaa baaaaaallllllleeeeeeeeeeeeee !!!!!

Sa voix a été prise d'assaut.

Les mots s'élèvent dans les airs avec une force étonnante. Elle-même est surprise. Le ton est puissant et imposant. Elle laisse traîner les syllabes longtemps. Les sons stridents percent et fendent l'air ambiant de manière fulgurante.

Elle pense soudainement aux voisins. Elle a peur de les déranger.

Ses craintes ne durent pas longtemps. C'est imbécile cette pensée pour les voisins. Elle n'a rien à faire d'eux. Elle ne se sent ni coupable et encore moins responsable de ce qui est en train de se produire. Oui, elle crie comme une défoncée. Il faut bien l'admettre. Mais ça ne regarde qu'elle et son père qui n'a toujours aucune réaction.

À cause de lui, rien ne fonctionne comme elle aurait voulu. La frustration s'ajoute à la déception. Elle sent poindre en elle de la haine et de la méchanceté. Elle en veut cruellement à son père. Elle n'apprécie pas du tout ce sentiment nouveau qui semble ne pas vouloir se contrôler. Elle tente de se raisonner, de se calmer en espérant le faire disparaître.

Elle n'a pas le droit de lui en vouloir à ce point. C'est ce qu'elle se dit en le regardant. Il a l'air si vulnérable. Mais son regard absent est plein d'effroi et ça lui fait peur.

Elle est désemparée. Il y a plein de sentiments contradictoires qui l'assaillent. Elle s'en veut autant qu'elle lui en veut. Elle se sent comme une merde qu'on rejette. Sa pression monte. Tout son être est en ébullition. Elle est sur le point d'éclater.

De toutes ses forces, elle crie :

— PAPA, LANCE-MOI LA B-A-L-L-E !

Si son père ne l'a pas entendue, les voisins si. On voit plusieurs familles sortir sur leurs balcons. Ils veulent voir ce qui se passe. Ils la regardent tous avec des fusils dans les yeux prêts à tirer à tout instant.

La petite fille ne voit pas la foule massée sur les balcons. Elle crie à tue-tête sans vouloir s'arrêter. Elle voit rouge et s'imagine qu'elle frappe son père avec un bâton de baseball pour le faire réagir.

Elle ne contrôle plus ses émotions ni ne sait pourquoi elle fait tout ça. Son visage est cramoisi à force de crier comme une folle. On ne parvient plus à comprendre ce qu'elle hurle à se pourfendre les poumons. Elle se jette par terre et frappe le sol avec ses pieds et ses mains. On aperçoit du sang sur ses genoux écorchés par l'asphalte de la ruelle.

La petite fille nage en pleine crise d'hystérie. On dirait que le démon a pris possession de son être. C'est une enragée qui gueule à n'en plus finir. Elle délire.

Aux balcons, les familles sont consternées.

Personne ne voit le corps de son père bouger et se tendre comme un arc.

D'un geste sec et rapide, il se penche, prend la balle et sans réfléchir la lance de toutes ses forces vers sa fille. La balle, projetée violemment, percute directement sa tempe droite. Sa position au sol lui épargne une chute assurée.

L'impact du coup est foudroyant.

La tête de la petite fille cogne durement contre l'asphalte. Ça fait un bruit mat, lourd et sec.

Dans un réflexe presque inné, les mères cachent les yeux de leurs petits en les serrant contre leurs ventres mous.

La petite fille ne crie plus.

Son sang forme une petite rigole autour d'elle.

Rêver

À Jonathan

Il se fait tard.

Il y a beaucoup de tension dans l'air.

Le père de Jonathan joue aux cartes avec sa bande. Son fusil est bien en évidence à côté de sa bouteille de bière. Parfois, il le manipule pour garder la main ou passer sa nervosité. Ça lui arrive de le pointer à la blague vers son fils.

L'alcool coule à flot depuis le début de la soirée. Les mises sont de plus en plus fortes. Jonathan a les yeux qui se ferment tout seuls. Il ne faut pas que ça paraisse. Il se doit d'être très attentif au moindre geste. C'est lui qui assure le service d'alcool jusqu'à la fin de la partie. Son père se fâche s'il ne réagit pas à la seconde même où l'un des quatre joueurs manifeste son désir de boire en pointant l'index vers le haut.

C'est comme ça tous les soirs ou à peu près.

Sinon, c'est sa mère qui mange la claque.

Jonathan n'en peut plus.

« Demain, je pars », se répète-t-il toujours avant de s'endormir.

Cette pensée l'apaise. S'il veut sauver sa peau avant que son père le bute d'une simple pression sur la gâchette, il doit s'en aller, foncer dans l'incertitude sans penser à l'avenir.

« Demain, je pars. »

Il sait que cette fois il le fera. Il aura le courage de foutre le camp de ce lieu hostile.

À son arrivée au cœur de la métropole, malgré sa déroute, il apprécie l'espace autour de lui. Peut-être y en a-t-il trop, se demande-t-il.

Du haut de ses douze ans, il se trouve bien petit dans cette immensité.

Ses premières journées d'errance sont difficiles. Il passe de longs moments à ne pas savoir quoi faire de sa peau. Il se sent inadéquat en toutes circonstances. Il est nerveux et malhabile. Il en perd tous ses moyens. Quand tombe la nuit, il a la chienne. Il préfère ne pas dormir. Il craint de ne pas pouvoir se réveiller. En fait, il a peur de se faire tuer pendant son sommeil.

Être libre, sans port ni attache, voilà ce que ça donne.

La présence de Jonathan ne passe pas inaperçue. Des jeunes de la rue le remarquent tout de suite. Ils le testent un peu pour s'assurer qu'il ne leur sera pas nuisible, même s'ils s'en doutent. En fait, ils veulent surtout mesurer son degré d'endurance.

Désirant se lier à tout prix avec d'autres pour sortir de son isolement, Jonathan se laisse malmener sans sourciller et obtempère à tout ce qu'on lui demande. Pour un peu d'attention et un léger sentiment d'amour, il est prêt à faire ce sacrifice. Le prix à payer lui apparaît dérisoire.

S'ensuit une période d'adaptation ardue. Les autres jeunes le traitent comme un moins que rien et lui font faire des coups pendables que personne ne voudrait faire. S'il refuse… Mais il ne refuse pas. Sa survie en dépend. C'est ça ou retourner à la maison. Pas question qu'il fasse machine arrière.

Sa docilité finit par payer. Il prouve qu'il peut être des leurs. Ses bourreaux deviennent ses alliés. Et pour une fois, il se sent compris.

N'empêche que sa nouvelle vie le déstabilise. Il n'est plus convaincu du bien-fondé de sa démarche. Il sent qu'il est allé trop loin, qu'il aurait pu échapper à sa réalité autrement. Il se met à idéaliser ce qu'il a quitté. Son père n'est peut-être pas celui qu'il croit. En même temps, lorsqu'il pense à lui, il craint pour sa mère. Ses pensées ne vont jamais plus loin. Il ne préfère pas.

Son existence ne va nulle part. Quoi qu'il fasse, rien n'a de sens. Plus les jours passent, plus ils lui sont insupportables. Ses pensées défilent à un train d'enfer dans son cerveau. Elles sont comme une longue plainte lancinante qui ne lui laisse aucune seconde de répit. Tout lui pèse.

Il en a des nausées qui n'en finissent plus.

Il s'en veut de ne pas avoir vu venir le coup. Il sent qu'il n'a pas le bagage nécessaire pour pouvoir continuer. En même temps, il ne peut plus reculer. Il n'a pas le choix.

Jonathan se sent comme le pire des crétins.

Son état n'inquiète pas outre mesure ses camarades. Comme pour l'encourager, on lui répète sans arrêt que ce n'est pas grave.

Pour lui faire oublier ses angoisses, on lui vide le contenu d'une bouteille de bière dans le gosier et on lui fourre un joint entre les dents sans lui laisser le temps de reprendre son souffle. Tout le monde se bidonne, sauf lui. Il s'étend par terre pour reprendre ses esprits, qui, étrangement, lui semblent plus légers. La plainte lancinante s'est comme interrompue. Ça déconne autour de lui. Les joints circulent sans arrêt de l'un à l'autre et la bière coule à flots. Jonathan prend tout ce qui passe. L'ambiance est à la fête. Il est content d'en faire partie. Le doute se dissipe pour faire place à de nombreux fous rires incontrôlables.

Soir après soir, il recommence. Ça le plonge dans un état qu'il affectionne particulièrement. L'alcool et la drogue douce lui donnent le courage de commettre des larcins qui lui permettent de contribuer à ce nouveau rituel sans se sentir coupable ni redevable.

Ses affaires vont bon train, et son lien d'appartenance avec le reste du groupe se solidifie de jour en jour au même rythme que sa consommation. Il ne lui suffit plus de terminer ses journées sur une note de festivité. Il recherche cet effet de bien-être dès son lever. Il reprend une dose avant de se mettre au travail. Voler lui est devenu pénible pour le peu que ça rapporte. Il s'est fait initier à la prostitution. Il se tape les vieux libidineux que personne ne veut. Ça l'écœure, mais ça paye bien. Il augmente les doses pour surmonter son dégoût des autres.

Au bout d'un certain temps, il se heurte à un cul-de-sac. Il ne parvient pas à geler cette zone de conscience constamment présente et qui l'empêche de faire son boulot sans avoir envie de vomir.

Il sait qu'il existe une solution à son problème. Il a souvent vu ses comparses en prendre. On l'a toujours mis en garde, mais s'il voulait essayer, il savait à quelle porte frapper. Il sent que le moment est venu de passer à l'échelon supérieur.

Il observe le cérémonial qu'on prépare pour l'occasion. On manipule des ustensiles, du liquide, du feu et des garrots improvisés. On lui tend une petite cuiller en lui disant de faire très attention. Il est nerveux. On y verse un liquide jaune. Peut-être à la blague, on lui dit de ne pas l'avaler. On lui demande de tenir la cuiller fermement sans trembler. On le somme de ne pas en renverser une seule goutte.

Un déclic se produit. Il voit la flamme d'un briquet danser autour de la cuiller. Le liquide jaune ne tarde pas à bouillir. Il entend de légers crépitements. Une odeur légèrement âcre effleure ses narines. Une longue seringue en aspire tout le contenu. Jonathan semble complètement obnubilé par ce qui se passe. Quelqu'un lui prend la cuiller qu'il tient toujours dans ses mains. Un autre remonte la manche de son chandail le plus haut possible pour lui dénuder le bras.

Un peu craintif, il regarde la seringue valser maladroitement autour de lui. Il ne bouge plus. De son plus beau sourire, celui qui s'apprête à lui injecter sa première dose se fait rassurant. Il hoche subtilement la tête en signe d'approbation.

Il retient qu'il ne doit pas avoir peur et que le meilleur est à venir. Les réponses à ses questions reposent peut-être au fond de cette fiole à la pointe effilée.

On enroule une ceinture autour de son biceps nu. On la serre fortement pour faire gonfler ses veines délicates. L'opération s'avère plus compliquée que prévu. Ses veines sont presque invisibles. On resserre le garrot de fortune. Ça fait mal. Jonathan serre les dents. Une veine, un peu moins petite que les autres, se gonfle suffisamment pour avoir de quoi piquer. D'un air sérieux, le type enfonce l'aiguille avec beaucoup de précautions. D'une légère pression du pouce, il appuie sur l'embout de la seringue pour faire valser le liquide dans le corps de Jonathan. Il s'écoule lentement.

Les secondes sont des éternités.

Il pense avoir vu les autres faire la même chose. Cette image est floue. Il se souvient d'avoir eu le sentiment que tout son être se liquéfiait et que l'angoisse contenue dans son corps s'échappait par les pores de sa peau. Une éruption volcanique de lave puante et rance.

Une fois libéré de cette énorme tension, il s'est senti léger. D'une légèreté indéfinissable.

Il a vu son corps se détacher de son esprit et flotter au-dessus de la conscience absolue. Une montgolfière. Haute dans le ciel. L'esprit qui s'amuse, s'immisce partout. Qui batifole. Se transforme en feu follet. Dans les planchers, les murs, les cloisons et dans le corps des autres. Il a croisé des milliards d'atomes et des cellules de toutes sortes. Il a visité des mondes infinitésimaux. Il a même compris le sens du désordre.

Il a beaucoup ri. Il s'est tortillé sur le plancher. Il a ressenti des sensations d'une force incroyable. Innommables. Il a crié de plaisir à plusieurs occasions. Il s'est senti en état d'apesanteur. Il a eu des révélations ultimes. Il a su qu'il existait un endroit fait sur mesure pour lui qui pouvait mener jusqu'à l'oubli de lui-même, que la vie pouvait se faire à la fois légère et sans complications. Semblable à celle qu'il avait toujours imaginée.

Quand l'intensité du *trip* diminue, il est allongé par terre. Il ne bouge plus. Ses yeux fixent le mur de briques qui se trouve en face de lui. Il ne s'en rend pas compte. Le contact avec l'extérieur ne se fait pas encore. Quelque chose le retient à l'intérieur de son corps. Mais c'est sans importance. Il pourrait mourir et ne pas s'en apercevoir. Il est engourdi. Un sourire béat illumine pourtant son visage aux traits tirés.

Au bout de quelque temps, son corps recommence à bouger. Il se relève péniblement avec l'aide de ses deux coudes pour être plus confortable. Sur le coup, il se demande ce qu'il peut bien faire là, même si à vrai dire il s'en fout pas mal.

Lentement, il retrouve ses esprits. Ses membres sont endoloris. Ses articulations sont raides. Ça lui prend tout son petit change pour rouvrir et refermer ses mains à plusieurs reprises. C'est comme s'il avait fait de longues heures d'exercice physique. Si ça se trouve, sa tête est dans un pire état. Ce qu'il ressent est indéfinissable. Un mal atroce le paralyse.

En essayant de se lever, il chute mollement sur le sol. Son corps est désarticulé. On dirait une marionnette sans fils. Il se tient le ventre. Ses entrailles se tordent dans tous les sens. Il a des spasmes violents. Il vomit le peu de nourriture qu'il a avalée et toute la bile contenue dans son foie. Quelqu'un s'occupe de lui machinalement. Rien ne semble l'étonner. Encore moins le déranger. Une sorte de routine. D'un ton monocorde, le type au regard éteint lui explique

que c'est normal. Normal d'avoir tout le temps mal après.

Jonathan a l'impression qu'il commence à comprendre beaucoup de choses. Le monde dans lequel il a toujours vécu n'était tissé que de mensonges. La vraie vie ressemble plutôt à ce qu'il vient de vivre. L'extase précède la douleur, alors qu'avant la douleur engendrait toujours la douleur. Ici, on ne lui cache rien. Ni le beau. Ni le laid. On le partage avec lui. L'accès est direct, sans fioriture.

Au beau milieu de la nuit, l'angoisse revient le hanter. Elle se manifeste avec une intensité décuplée. Toutes les parties de son corps souffrent. Il a la nette impression de vivre ses derniers instants sur cette terre. Il n'a qu'une chose en tête : retrouver n'importe qui, qu'on lui fasse une autre piqûre pour calmer ses souffrances l'engourdir ne plus réfléchir fuir la réalité ne plus exister diluer la matière n'être que vapeur légèreté et insensibilité être encore plus libre que la liberté plus léger que l'air devenir un courant d'air frais vif et rapide et disparaître s'il…

On lui tapote le visage pour qu'il reprenne ses esprits. On lui pose une multitude de questions pour le maintenir dans un état d'éveil. Il parvient à dire son nom, la date, l'heure et l'endroit où il se trouve.

Il a mal à la tête.

Il reconnaît le mur de briques en face de lui.

Ça sent la merde et la pourriture.

Ça sent l'odeur de son enfance.

Mentir

À ma mère
À Berson

Février 1957. Rachel n'a que 17 ans. Elle travaille dans un hôpital depuis déjà cinq ans. Elle s'occupe des patients. Elle fait le ménage de leur chambre, leur apporte leur nourriture, les fait manger et les lave.

Rachel n'aime pas nécessairement ce qu'elle fait. Elle a déjà rêvé de faire des études supérieures pour améliorer sa condition. Pas trop longtemps. Juste assez pour avoir des regrets.

Depuis quelque temps, Rachel ne se sent pas bien. Elle ne comprend pas ce qui se passe. Au travail, l'effort physique l'épuise rapidement. Elle a de la difficulté à retrouver son souffle lorsqu'elle se penche. Souvent, après les repas, une envie de vomir lui prend. Elle ne supporte plus les odeurs cléricales de l'établissement.

Au fil des semaines, les symptômes de Rachel tendent à diminuer. Par contre, son tour de taille augmente considérablement. Le reste du corps ne tarde pas à suivre cette tangente. Elle sait pertinemment que ce n'est pas normal pour une fille de son âge. Du moins, que ça ne devrait pas, que ça n'aurait jamais dû arriver avant le mariage.

Rachel est enceinte. Elle n'a pas besoin de se le faire confirmer par un médecin. Si elle est assez grande pour coucher avec des hommes, elle est assez grande pour savoir. Connaissant le sort qu'on réserve aux filles comme elle, elle ne sait trop si c'est quelque chose qu'elle peut facilement supporter. Elle doit accepter de n'être plus une fille bien.

Va pour sa réputation. C'est à l'enfant à venir qu'elle pense. La vie qui l'attend ne sera pas des plus joyeuses. L'église et le gouvernement mettent constamment la population en garde contre ces comportements inacceptables. C'est la crainte de toutes les jeunes filles que de tomber enceinte d'un inconnu qui n'aura fait que passer le temps d'assouvir un désir irrépressible. Chacune d'elles connaît quelqu'un qui connaît quelqu'un à qui c'est arrivé. Ce sont toutes des histoires à faire frémir qui auraient pourtant pu être belles.

Celle de Rachel vient s'ajouter à la liste. Malgré tout, elle trouve qu'elle ne mérite pas ce qui lui arrive. Elle aurait voulu être fière de porter un enfant dans son ventre et de pouvoir lui donner la vie. D'ailleurs, c'est ce qu'elle ressent au plus profond d'elle-même. Mais la réalité est tout autre.

Dans quelques mois, dès que l'enfant naîtra, on le lui arrachera sans qu'elle puisse le voir et le prendre dans ses bras. Elle pense constamment à cette image déchirante. Pour se protéger, elle se dit que l'enfant qu'elle attend ne lui appartient pas. Jour après jour, elle se répète qu'elle ne doit pas s'attacher, qu'elle ne doit rien espérer et qu'elle ne doit l'aimer d'aucune façon.

L'exercice s'avère difficile.

À part le soldat de passage, personne d'autre ne pourrait être le père de cet enfant.

Elle se souvient d'une certaine intensité, mais très furtive.

Elle s'en veut.

Le ventre de Rachel n'est pas encore apparent. Si ses calculs sont bons, elle devrait en être à quelques semaines de grossesse. En la voyant, on pense à un léger embonpoint, celui qu'on lui connaît depuis toujours. Pendant un temps, il l'aidera à camoufler son crime. Elle craint l'arrivée du cinquième mois. C'est à ce stade que les choses se compliquent. Il faut qu'elle trouve un moyen de masquer sa proéminence.

Rachel a soudainement l'impression que ses jours sont comptés.

Ne trouvant aucune solution adéquate, elle décide d'en parler à sa mère qui ne lui pose aucune question. Elle l'écoute attentivement en feignant de ne pas être perturbée par ce que sa fille est en train de lui annoncer. Elle n'émet aucun jugement. Elle avale péniblement sa salive et toussote à plusieurs reprises en se raclant la gorge.

Rachel s'en rend compte. Le silence de sa mère est plus terrible que tous les jugements de la terre. Elle feint, elle aussi, en essayant de maîtriser sa nervosité et en camouflant sa honte. Toujours sans rien dire, sa mère se dirige vers la vieille malle qu'on n'ouvre que pour les grandes occasions. Rachel l'entend fouiller à l'intérieur.

L'attente est lourde.

Sa mère revient au bout de quelques minutes en tenant dans ses mains un vieux bout de tissus défraîchi. Elle le tend sèchement à Rachel. C'est un corset. Rachel, stupéfaite, comprend ce qu'elle doit faire. Ce n'est pas la peine de rajouter quoi que ce soit. Le message est clair.

Mai 1957. Par l'entremise d'une amie, Rachel fait la rencontre de Camille. Elle tombe sous son charme. Malgré sa grossesse avancée, il l'amène souvent manger, boire et puis danser. Ce n'est pas le prince charmant, mais elle se sent bien avec lui. L'amour s'installe tranquillement. Compte tenu de sa situation, Rachel n'ose même pas envisager l'avenir.

Juin 1957. Rachel en est à son septième mois de grossesse. Elle a du mal à respirer. Chaque matin, elle n'arrive pas à imaginer comment elle pourra réussir à tenir le coup jusqu'au soir. Elle se sent prise dans un étau. L'air a du mal à pénétrer dans ses poumons. Elle a des hauts le cœur et des vertiges. Elle a l'impression que le bébé lui remonte dans les amygdales. Le corset est devenu un véritable instrument de torture.

Rachel endure son supplice. C'est ce qu'elle a de mieux à faire dans les circonstances. C'est le prix à payer pour avoir désobéi. Après, ni vu, ni connu. On fera disparaître toutes traces de l'événement. Sa mère s'en chargera.

Rachel fréquente toujours Camille.

Août 1957. Rachel est sur le point d'accoucher. Dès le matin, les douleurs commencent. Elle devine que ce n'est pas tout à fait le moment. Les contractions sont encore beaucoup trop espacées.

Pour ne pas alerter sa mère inutilement, Rachel endure son mal. Elle crispe ses deux mains sur son ventre pour en atténuer l'intensité. Elle essaye d'évaluer le rythme des contractions, mais n'y arrive pas.

Ne pouvant plus tenir le coup, Rachel laisse échapper un grand cri. Sa mère accourt aussitôt et s'empresse de l'envelopper dans un énorme manteau. Un taxi ne tarde pas à arriver. La voiture se dirige à toute vitesse en direction de l'hôpital. C'est le branle-bas de combat à l'urgence. On l'assoit dans un fauteuil roulant. Course folle jusqu'à la salle d'accouchement. Les portes battantes claquent avec fracas. Le médecin dicte ses consignes aux aides soignantes pendant qu'il manipule des objets métalliques qui font un vacarme à vous déchirer les tympans. On la saisit à bras-le-corps et on l'immobilise sur un lit en lui attachant les mains et les pieds.

Au réveil, le gaz anesthésiant flotte encore dans le cerveau de Rachel. Elle a mal au cœur.

En voyant le rideau qui encercle son lit, elle se souvient qu'elle est à l'hôpital. Elle s'attriste de ne voir aucune trace de l'enfant autour d'elle. Il n'y a que sa mère, assise bien droite dans la chaise à côté du lit. Elle n'a aucun geste tendre à l'endroit de sa fille. Elle lui demande froidement comment elle va, si elle a bien dormi et comment elle se sent. Elle se garde bien de faire quelque allusion que ce soit à propos de ce qui vient de se passer.

Personne d'autre ne viendra. À l'exception de Camille, personne d'autre ne saura.

Rachel voudrait au moins savoir si c'était un garçon ou une fille, mais n'ose pas le demander. Elle attendra le bon moment à la maison. Ça ne sert à rien maintenant. Elle est trop fatiguée. Épuisée. Et puis, on refusera de lui répondre.

Septembre 1957. Sa mère lui remet une enveloppe scellée. Rachel reconnaît le sceau de la congrégation religieuse qui s'occupe de trouver un foyer aux enfants illégitimes. Son cœur fait un tour complet dans sa poitrine. Elle s'empresse d'ouvrir le document qui contient toute l'information relative à son enfant. Elle tremble. C'est un garçon. Il est blond et il a les yeux bruns. Il pèse plus de sept livres. Il répond temporairement au nom de Roméo.

Rachel n'a aucun mal à l'imaginer. Elle se ferme les yeux et le regarde longuement jusqu'à ce qu'il lui sourit.

Rachel referme l'enveloppe en souhaitant ardemment qu'il se retrouve dans une bonne famille.

Octobre 1957. Un mariage est en vue entre Rachel et Camille. Ils veulent tous les deux fonder une famille. Rachel rêve secrètement que Roméo soit la pierre d'assise de ce projet. Elle pense à l'adoption. Elle ne sait pas comment aborder la question avec Camille. Elle se raisonne en se disant que ça doit déjà être trop tard.

Camille a la même idée en tête et il en fait part à Rachel. Elle est estomaquée. Elle s'attendait à tout sauf à cette proposition.

Quelques jours plus tard, le couple se rend à la crèche. Leur projet n'aura été que de courte durée. Le petit Roméo a déjà trouvé une famille. Rachel insiste pour connaître tous les détails de l'adoption comme si le fait de savoir allait pouvoir mettre un baume sur sa tristesse. Elle ne saura rien. « La confidentialité des dossiers ne permet pas de divulguer quoi que ce soit à quiconque, même à la mère biologique. Vous comprenez ? »

Non, Rachel ne comprend pas. Elle se console en se disant qu'elle a au moins tenté l'impossible.

Septembre 1990. Camille, fidèle à son habitude, parcourt la rubrique « retrouvailles » d'un petit journal. Ses yeux passent rapidement en revue toutes les annonces. Contrairement aux autres fois, son regard est attiré par l'une d'entre elles. « Roméo, né le 10-08-1957 ... » Il lit et relit la description pour être bien certain qu'il ne se trompe pas. Il n'y a aucun doute. Tout correspond.

Camille, qui ne vit plus avec Rachel depuis un long moment, s'empresse de lui téléphoner pour lui faire part de sa découverte.

Rachel est incapable de parler. Les pulsations de son cœur envahissent toute sa tête. Elle a dix-sept ans pendant un instant. Ses sentiments sont confus. Elle aurait envie de crier, de chanter, de pleurer et de rire en même temps. Peut-être d'oublier tout ça également.

Rachel ne tarde pas à contacter l'organisme qui parraine ces retrouvailles. On lui pose un tas de questions qui ressemblent à un interrogatoire de police. Rien pour effacer la grande culpabilité qui l'habite depuis toutes ces années. Elle répond à tout patiemment, avec le plus d'exactitude possible. Tout ce qu'elle affirme correspond aux informations contenues dans le dossier de Roméo. On lui propose un rendez-vous.

Même si toute une vie les sépare, une mère et son fils sont sur le point de se retrouver.

Sur place, on offre à Rachel la possibilité de consulter tous les documents légaux et administratifs en lien avec l'adoption de son enfant.

En ouvrant le dossier, elle reconnaît immédiatement une copie jaunie de la fiche signalétique que sa mère lui avait remise dans une enveloppe après l'accouchement. Elle préfère ne pas trop s'y attarder. C'est toute la partie qu'elle ne connaît pas qui l'intéresse. En fouillant dans le reste des papiers, elle tombe sur le certificat d'adoption. Avant de le lire, elle prend une grande respiration pour contenir la marée de larmes qu'elle sent poindre en elle.

La première chose que Rachel découvre en le lisant, ce sont les noms des deux parents adoptifs de son fils. Ça lui fait drôle de connaître leur identité. Elle trouve ça presque indécent, comme si elle n'avait pas le droit d'avoir accès à une information pareille. Les noms ne lui disent absolument rien, mais ils existent. Ils sont là, inscrits sur la feuille usée alors que le sien n'apparaît nulle part.

Le reste du document est une suite de clauses que Rachel scrute scrupuleusement. Juste avant la fin de sa lecture, son corps se fige et le temps s'arrête. Ses yeux, complètement voilés par une épaisse couche de larmes, fixent la feuille de papier. L'index de sa main droite pointe la date de l'adoption : « ce 29 janvier 1958 ».

Craindre

Christophe, mignon chérubin, vient juste de voir le jour. Marie-Christine et Pierre, ses parents, jubilent en contemplant ce petit trésor issu de leurs chairs.

Le petit a à peine poussé un cri que déjà ses parents s'inquiètent pour sa santé. Un coup de froid est si vite arrivé, se disent-ils chacun de leur côté. D'un geste simultané, Marie-Christine et Pierre le couvrent aussitôt d'un drap de coton. Ils l'enroulent bien comme il faut autour de son corps afin d'éviter les mauvais courants d'air et pour préserver chaque instant si précieux de la vie.

Les bons soins aidant, Christophe passe une excellente première nuit.

Le lendemain, la mère et l'enfant obtiennent leur congé de l'hôpital. C'est une seconde étape importante pour Christophe puisqu'il doit sortir à l'extérieur pour la toute première fois.

Malheureusement, en ce jour d'automne, le temps est au frais. Ne voulant courir aucun risque, Pierre l'emmaillote précautionneusement des pieds à la tête en utilisant un second drap de coton encore plus épais que le premier. Seuls le nez et la bouche sont découverts pour lui permettre de bien respirer.

Grâce à l'attention particulière de ses parents, la transition entre l'hôpital et la maison est un franc succès. Christophe a évité de prendre froid.

C'est ce que croient ses parents.

En défaisant et en retirant les draps qui recouvrent le corps de son fils, Marie-Christine se rend compte qu'il a les extrémités des pieds et des mains très froides tout comme son visage. Une inquiétude profonde traverse l'esprit de la mère. Dans son for intérieur, elle souhaite ardemment que la situation ne s'aggrave pas. Pendant quelques petites fractions de secondes, des images effrayantes d'enfants morts assaillent son esprit. Elle n'aime pas du tout ces visions apocalyptiques.

Trop inquiète, plutôt que de le découvrir, Marie-Christine décide de lui ajouter une couverture supplémentaire. Avant, elle lui frictionne les parties atteintes par le froid. Pierre, à la demande de sa femme, vérifie toutes les issues pouvant causer des courants d'air dans la maison. Il en dénombre pas moins d'une vingtaine, dont quatre dans la chambre du petit. Il s'affaire à bloquer ces sources possibles de maladies.

La nuit venue, avant d'aller elle-même se coucher, Marie-Christine, malgré toutes les précautions prises au cours de la journée, ne peut résister à l'envie de rajouter une autre pelure sur le corps menu et frêle de son fils. Elle a encore trop peur de le trouver mort de froid au réveil.

Dès les premiers rayons du soleil, pour calmer ses inquiétudes provoquées par une nuit d'insomnie, Marie-Christine se précipite dans la chambre de Christophe. Ce qu'elle constate n'a rien pour la rassurer. Les extrémités des pieds et des mains de son fils sont aussi froides que la veille. Le coton n'est décidément pas l'étoffe qui lui faut.

Par contre, elle est satisfaite d'une chose : d'écouter et de suivre son instinct.

Voulant faire face à l'adversité, Marie-Christine retrousse ses manches et se met à lui tricoter des chaussons et des mitaines en utilisant de la laine de grande qualité. Elle s'active à son tricot pendant des heures, comme si la vie de son fils en dépendait.

Même si elle a été prompte à réagir, Marie-Christine ne peut faire autrement que de se sentir coupable. Idéalement, elle aurait dû se mettre à l'ouvrage durant sa grossesse plutôt que de ne rien faire. Dans sa naïveté d'alors, elle était loin de songer aux risques qu'encourrait son fils une fois lancé dans l'arène de la vie.

Malgré sa grande volonté, Marie-Christine ne semble pas au bout de ses peines. Les nouvelles protections laineuses qu'elle s'est échinée à tricoter en un temps record ne règlent qu'une toute petite partie du problème. Si les pieds et les mains ont retrouvé leur chaleur, il en va tout autrement pour le reste du corps. La fibre de coton ne parvient plus à réchauffer convenablement le ventre et les cuisses de l'enfant.

Paniquée, Marie-Christine se remet à tricoter jour et nuit sans interruption pour lui confectionner un habit de laine pouvant le couvrir entièrement. Pendant qu'elle se tue à l'ouvrage, elle pense sans cesse aux maladies, et l'idée de la mort la hante toujours. C'est un combat sans fin qu'elle livre contre les aléas de l'existence.

Son dur labeur porte fruit. Au bout de deux jours, le travail est terminé et Christophe a survécu à cette terrible attente.

Comme si elle avait affaire à un cas de peste bubonique, Marie-Christine le débarrasse des draps de coton du bout des doigts en faisant une grimace de dédain. Elle les jette à la poubelle, referme le sac hermétiquement et le met au chemin pour éloigner tous foyers de contamination. Une fois cette tâche accomplie, elle se sent soulagée. C'est avec beaucoup de calme qu'elle enfile la nouvelle tenue de laine à son fils chéri. Elle lui va à ravir. Émue, elle a envie de croquer la joue de son bambin.

Cette nouvelle étoffe fait des miracles. Le corps du petit Christophe est chaud et bien tempéré. Le jour, il babille sans arrêt, et le soir il dort comme un loir. Le temps est au beau fixe. Marie-Christine et Pierre sont plus que soulagés, ils sont heureux. Les jours à venir s'annoncent plus cléments.

Vient le printemps. Le froid hivernal fait place à des chaleurs de plus en plus persistantes. Christophe sue à grosses gouttes dans son habit de laine. Il a le visage qui semble prêt à éclater à tout moment et sa respiration est haletante. On peut même percevoir un sillement continu lorsqu'on se trouve près de lui. Marie-Christine et Pierre sont persuadés que leur fils est asthmatique. Ils veilleront à ce qu'il ne s'agite pas trop pour éviter le déclenchement d'une crise éventuelle.

Durant la même période, en lui faisant prendre son bain, Marie-Christine découvre des rougeurs sur les genoux de Christophe. Elle les scrute méticuleusement pour savoir de quoi il s'agit. Elle craint la rougeole, la rubéole et la scarlatine, autant de maladies infantiles lourdes de conséquences. Ce ne sont finalement que des égratignures. Elle en parle à Pierre, qui, le soir même, lui confectionne des genouillères en plastique rigide à l'épreuve des chocs.

Dès le lendemain, les rougeurs aux genoux se sont résorbées. Par contre, chose que Marie-Christine n'avait pas remarquée la veille, Christophe a les paumes des mains légèrement bleuies. Aussitôt, une sonnette d'alarme s'agite dans son esprit. Paniquée, elle demande à Pierre de venir au secours de leur fils. En voyant les petites veines éclatées, il est sous le choc. Il n'arrive pas à y croire. Il semble complètement dépassé par les événements. Est-ce seulement dû au va-et-vient incessant dans la maison ou à une faiblesse de son système sanguin ?

Pierre est inquiet autant que découragé. Grâce à l'appui de Marie-Christine, il réussit à se secouer et à reprendre son courage à deux mains. Ne lésinant pas sur les efforts, il fabrique des gants de caoutchouc pour son fils. Cette substance malléable facilitera ses mouvements et ses déplacements. Pour un meilleur confort, il ajoute des coussinets aux endroits stratégiques, c'est-à-dire dans les paumes et le long des doigts.

La trouvaille de Pierre est un vrai miracle. Christophe peut maintenant explorer son environnement en toute quiétude. D'ailleurs, il ne s'en prive pas. Lorsque vient le soir, il est tellement sale que la crasse a du mal à partir dans l'eau du bain. Même les meilleurs savons recommandés par les dermatologues ne parviennent pas à avoir raison de la saleté tenace. Marie-Christine craint les infections cutanées. Pierre aussi, mais il n'ose le dire à sa femme pour ne pas l'alarmer davantage.

Sans trop réfléchir, il propose de lui confectionner un habit fait du même plastique que les gants et les genouillères. Marie-Christine imagine très mal Christophe dans un tel accoutrement qui l'empêcherait de bouger. Elle suggère plutôt de lui créer une combinaison en vinyle souple. La matière est résistante, peu salissante, flexible et facile d'entretien.

Pierre trouve sa femme extraordinaire.

Aussitôt dit, aussitôt fait. Une fois de plus, Christophe s'adapte rapidement à son nouveau vêtement qui lui sied à merveille, telle une seconde peau. Du coup, les problèmes de saleté tenace cessent aussitôt.

Le vinyle ne résiste pas longtemps aux allées et venues trépidantes du petit Christophe dans la maison. Le tissu cède au niveau des orteils et du ventre. Avant que la combinaison ne se détériore complètement, Pierre lui fabrique un plastron protecteur et de solides bottines en utilisant le même plastique que celui des genouillères.

Marie-Christine et Pierre ont omis un seul détail, mais peut-être le plus important. Ils ont oublié de protéger la tête de leur fils. Et ce qui devait arriver arriva. Dans un excès de vitalité, Christophe s'est cogné le front contre la table basse du salon.

Malgré le fait qu'il s'en soit tiré avec une simple bosse, Marie-Christine ne se pardonnera jamais de ne pas avoir pensé à enlever cette table dangereuse dans l'environnement immédiat de Christophe, tandis que Pierre ne se pardonnera jamais d'avoir oublié de protéger la tête de son fils. Tous deux se jurent que leur garçon ne revivra plus jamais ce genre de cauchemar.

Pierre s'acharne à lui fabriquer un casque protecteur en plastique très épais à l'épreuve de tous les chocs possibles et inimaginables. Il le munit d'une visière de plexiglas incassable et d'une courroie ajustable rembourrée qui vient s'appuyer sur le menton de l'enfant. Désormais,

Christophe pourra aller où bon lui semble dans la maison sans craindre de se blesser.

Pierre semble avoir visé juste, puisque les mois passent sans qu'aucun autre incident n'interrompe le cours normal des choses.

Christophe grandit très vite. Son père n'a plus qu'à ajuster sa combinaison au fur et à mesure de la transformation physique de son fils.

Après avoir appris à marcher facilement dans l'harmonie la plus complète, le petit Christophe commence à trouver son aire de déplacement plutôt petite. Il lorgne maintenant l'extérieur pour satisfaire son besoin d'espace. Hésitant au départ, ses parents finissent par lui concéder ce point. Pourquoi l'extérieur serait-il plus dangereux que l'intérieur ? Étant si bien protégé de partout, nulle raison de craindre le pire.

En assurant une surveillance constante à tour de rôle dès que Christophe met le pied dehors, Marie-Christine et Pierre sont extrêmement satisfaits du déroulement des choses. Ils ont l'esprit en paix et leur enfant évolue sainement dans son nouveau cadre d'activité.

Le danger semble désormais faire partie du passé.

Par un beau dimanche après-midi, alors qu'ils sont tous les deux plongés dans une lecture fascinante en buvant du thé vert sur leur terrasse extérieure, Marie-Christine et Pierre sont surpris par un cri de mort. Instinctivement, ils savent qu'il vient d'arriver quelque chose de grave à leur fils qui jouait dans la cour juste à côté d'eux.

Ils sont pétrifiés et se lèvent à la hâte pour secourir leur fils.

Christophe se tord de douleur sur le sol en se tenant l'épaule. Il refuse de se faire toucher tellement ça lui fait mal. Pierre réussit à le calmer en utilisant la douceur. La blessure n'est pas belle à voir. À certains endroits, la peau est soulevée. À travers les nombreuses égratignures, de la terre s'est mélangée au sang.

La plaie est mineure. Marie-Christine et Pierre en sont quittes pour une grande frousse et un bon examen de conscience. Christophe est interdit de sortie jusqu'à ce qu'on ait trouvé une solution adéquate pour éviter que de telles mésaventures ne se reproduisent.

Cet incident, qui aurait pu être fatal, accable énormément Marie-Christine et Pierre. Ils trouvent la vie cruelle et injuste. Ils ont peur qu'elle veuille se servir de leur fils pour reprendre ses droits. Ils ont aussi la nette impression d'avoir manqué à leur devoir de parents une fois de plus.

Marie-Christine est désemparée. Pierre refuse de se laisser abattre.

Du sous-sol de la maison, on entend des bruits de métaux qu'on frappe ardemment et sans relâche. Le résultat obtenu est impressionnant. Les épaulettes sont splendides. Elles semblent sortir tout droit d'un film de chevalerie. Marie-Christine admire le talent de Pierre. Tous les deux, sécurisés par leurs actions, laissent de plus en plus de latitude à leur garçon.

La quiétude des parents ne dure encore qu'un temps. Christophe, en voulant ramper sous une clôture à leur insu, s'est déchiré la peau du genou droit et s'est coupé aux mains. Il saigne peu, mais le fil de fer a réussi à percer la genouillère de plastique et ses gants de caoutchouc.

Quelques coups de marteau pour arrondir le métal, quelques vis pour joindre les pièces et assurer un mouvement fluide, et le tour est joué. On remplace les pièces désuètes par de nouvelles, solides, rutilantes et à l'épreuve de tout.

Ces changements donnent des ailes au petit Christophe, à un point tel qu'il devient de plus en plus téméraire. Il multiplie les cascades les plus folles et prend des risques que ses parents n'encourageraient pas s'ils le voyaient à l'œuvre.

Ce qui reste de son attirail de plastique ne tient plus la route. Les bottines se sont fendues, le plastron s'est perforé à plusieurs endroits et le reste de la combinaison tombe en lambeaux. Heureusement que Christophe a su éviter les accidents. D'ailleurs, il s'en est fallu de peu à plusieurs reprises. Personne à part lui ne le sait et il se garde bien de le dire à ses parents.

Avant qu'un drame qui ne pardonnerait pas ne survienne de nouveau, plastron, gants, bottines et jambières sont remplacés illico par des pièces de métal. Christophe sera protégé des mauvaises chutes, elles le préserveront des insectes nuisibles, des coups, des objets contondants et de tout ce qui peut entraver le quotidien d'un enfant.

Seule la tête ne subit pas de transformation. Le casque protecteur avec visière demeure efficace et inusable. Marie-Christine et Pierre sont bien loin de se douter qu'il puisse faire défaut à un moment ou à un autre. Pouvaient-ils se méfier du vieux crochet rouillé vissé au hangar qui a presque eu raison de l'œil de leur fils ?

La culpabilité des parents est à son comble. Ils ressemblent à des condamnés à mort. Ils n'osent plus se regarder dans les yeux. Encore moins se parler. Chacun de son côté songe à la même chose pour leur fils. Pierre, ne voulant toujours pas perdre trop de temps, fait les premiers pas. Avant même qu'il n'ait dit mot, Marie-Christine déclare qu'il n'y a pas d'autres solutions. Pierre se dirige aussitôt dans son atelier.

Le travail semble long et complexe. Marie-Christine angoisse. Elle a peur que Pierre échoue dans cette ultime tentative de protéger leur fils du danger. Elle est soulagée lorsqu'elle le voit monter du sous-sol en tenant dans ses mains le dernier objet miraculeux.

Fébriles et fiers, ils appellent leur fils et lui remettent solennellement un casque de fer en se confondant en excuses de toutes sortes. Il penche la tête pour qu'on le lui mette.

Christophe est superbe dans son armure.

Radieuse, Marie-Christine contemple son fils et se dit qu'il est fin prêt pour aller à la maternelle.

Haïr

Hommage à Hervé Guibert

Hervé souffre.

Hervé souffre d'avoir toujours été désespérément seul au monde. Il en veut à ses parents du manque qu'ils lui ont créé. Il les déteste de même que tout ce qui tourne autour du lien filial. Ce lien ténu qui a fini par se transformer en nœud coulant et qui s'est lentement resserré autour de son cou, menaçant à tout instant d'interrompre le passage du sang et de l'oxygène au cerveau.

Ces liens indéfectibles et étouffants lui ont permis d'apprivoiser l'idée de la mort à un âge où habituellement on n'y pense pas.

Petit à petit, Hervé trace son chemin en se terrant dans un trou immense pour oublier d'où il vient. Telle une lumière aveuglante, l'image de ses parents veille toujours sur lui en surplombant la fosse qu'il s'est creusée. Incapable de supporter ce regard inquisiteur, il préfère replonger profondément dans son trou, s'y enfoncer encore plus pour disparaître dans son monde.

Hervé s'intéresse d'abord à tout ce que le corps rejette. Il passe des heures à observer sa merde dans les chiottes. Ses excréments le fascinent et le réconfortent. Il aime l'idée de regarder ce qu'on ne regarde pas habituellement. Il s'identifie à cette merde. Il fait la même chose avec sa bave, sa morve et son sperme. Il arrive même à jouir par le biais de la puanteur et de la laideur pour oublier un instant la beauté des choses qu'il se sent incapable d'apprécier.

Hervé comprend rapidement que tout doit passer par le rejet s'il veut survivre. Il doit d'abord faire sortir la violence tapie en lui. C'est en crachant, en pissant, en éjaculant et en déféquant qu'il croit pouvoir se débarrasser de la haine de ses parents installée confortablement dans ses entrailles. Sa vie ne tourne alors qu'autour de ce désir. Ses efforts demeurent pourtant vains.

Hervé est un être fragile qui adore jouer au plus fort. Sa tête, déboussolée et trop folle, trouble sans arrêt sa sensibilité et ses émotions. Sa fragilité ne le quitte jamais. Elle a le visage de son enfance. Il a beau vouloir la rejeter, elle lui colle à la peau comme la poisse.

Il doit s'endurcir.

Hervé développe une obsession pour le durcissement qu'il associe rapidement à son sexe et à celui des autres garçons. Il s'entiche éperdument de ce sexe et de sa dureté. Il se l'approprie radicalement. Il en fait sa propre identité.

Hervé a un cœur pierreux et poreux rempli de scories qui ne demandent qu'à être expulsées de son corps. L'idée du rejet refait surface. Toutes les raisons et tous les moyens sont bons pour y arriver. Il se met à déverser son foutre sur des corps étendus, abandonnés, anonymes.

Hervé n'est alors bien que dans le sexe et sa dureté. Du moment qu'il sent un bout de la vie en lui, le reste lui importe peu. C'est par la chair qu'il croit pouvoir la reconnaître et peut-être en jouir un jour.

De beaux et jeunes garçons se succèdent dans une suite ininterrompue de plaisirs sexuels sans que le cœur d'Hervé flanche.

Sauf avec Vincent.

Hervé découvre le sabotage amoureux à travers cette relation. L'amour l'encombre. Le rend vulnérable.

Il n'aime pas penser à Vincent tout le temps. Il n'aime pas être en manque de lui. Il n'aime pas la déception des retrouvailles qui ne sont jamais à la hauteur des longues heures d'attente. Il n'aime pas ce sentiment que la vie s'arrête sans lui. Il n'aime pas être fou de Vincent.

Hervé fait tout pour que Vincent sorte de sa vie en le heurtant dans son amour-propre. Il lui fait des crises. Il le traite comme un chien. Il couche avec d'autres garçons en se gardant de bien laisser des traces.

Mais ça ne marche pas. Vincent aussi est fou de lui.

Hervé est dérouté par cet amour. Son désir est trop grand, et le vide de sa vie trop présent. Il ne se sent pas à la hauteur.

Hervé se replie et se referme sur lui-même. Il barre son cœur à double tour, ouvre grand son cul et plonge dans la luxure. Il s'engouffre dans la solitude et se perd tranquillement dans les méandres de ses tourments, dans le labyrinthe de ses peurs qu'il ne saurait dompter.

Hervé veut périr par le geste et par dépit dans la perversité.

Hervé se vautre à satiété dans les culs. L'odeur de la merde finit par le rassurer. La merde pour unique alliée, mouvante jusqu'au cou.

Hervé cherche continuellement à se perdre à la vie à la mort en suivant les affres de son cœur désaxé dans un monde pas fait pour lui.

Hervé se perd dans la laideur du monde.

Maladroit, malhabile et offensé, il constate qu'il ne sera jamais plus qu'un condamné. Il a choisi le camp de la destruction. Il tue toutes formes d'élans sentimentaux en crucifiant son cœur dans sa poitrine. Le sang qui coule dans ses veines ne doit servir qu'à gonfler son sexe pour lui permettre de défoncer des culs et encore des culs.

Hervé reconnaît le danger. Il aime jouer avec. Il court insatiablement à sa rencontre à travers le sexe.

Hervé assume le risque sans remords. Il endosse son calvaire jusqu'au bout. Il sait pécher par excès en ayant l'impression d'aller au bout de lui-même en suivant les battements de sa queue, en défonçant les limites de la vie pour mieux flirter avec la mort.

Hervé parvient finalement à la trouver sur son chemin.

Aimer

Son mari et ses enfants viennent de quitter la maison. Elle referme la porte derrière eux. Elle tient la poignée fermement dans sa main. Elle écoute le son de leurs pas qui s'éloignent. Elle les entend résonner à travers le métal que touche sa main.

Son cœur bat rapidement.

Elle se sent abandonnée.

Son corps pèse une tonne. Chaque pas qu'elle fait lui coûte un effort.

Au milieu du corridor, lasse, elle laisse tomber sa tête à la renverse contre le mur. Elle reste là sans bouger à regarder le plafond. Dans sa tête, une immense plainte lancinante. Elle voudrait que ça s'arrête.

Ses bras s'affalent le long de son corps. Au bout d'un moment, elle laisse glisser son dos le long du mur jusqu'à ce qu'elle se retrouve assise sur ses pieds à quelques centimètres du sol. Elle fronce les sourcils. Son front se plisse. Il y a de l'inquiétude sur son visage. Sa lippe tremble comme si elle s'apprêtait à pleurer.

Elle n'est rien.

Voilà ce qu'elle se dit. Voilà ce qu'elle pourrait se dire chaque jour si elle ne s'efforçait pas de chasser ses pensées sombres.

Ce matin, elle n'a pas envie de replonger dans le mensonge.

Jour après jour, depuis des années, elle ne fait qu'attendre. Attendre que son mari et les enfants reviennent. Attendre que le temps passe, que ça passe.

Elle supporte très mal le vide laissé par leur absence. Pour elle, c'est mourir un peu chaque fois.

C'est comme ça depuis toujours.

Elle ne l'a jamais dit à personne.

Elle relève la tête et se met à fixer l'unique photo accrochée au mur. Son mari et elle sont à l'arrière-plan. Elle le tient par la taille, lui par les épaules. En avant-plan, il y a ses deux garçons. Le plus vieux est debout devant son père. Le plus jeune est assis devant elle sur un tabouret. Les quatre arborent des sourires radieux. Ils ont tous l'air heureux et épanouis.

C'est l'image de la famille idéale.

Elle n'a jamais aimé cette photographie. C'est une supercherie. Le bonheur qu'elle affiche est artificiel. Celui de son mari et des enfants n'est guère mieux.

Elle doute que ce soit possible d'être heureux à ce point.

C'est facile de faire semblant.

Tout cela lui paraît si lointain.

Elle soupire profondément.

Elle a du mal à se revoir sur des photographies. Elle n'aime pas les traces que ça laisse. Elle ressent de la honte. La honte d'avoir joué la comédie sans que personne ne le sache.

Ce n'est pas elle sur les photos. C'est une autre qui connaît l'art de fabriquer du bonheur. Une femme exemplaire en toutes circonstances. Son mari l'adore même s'il ne la touche plus depuis des lustres. Ses enfants commencent à la trouver agaçante.

Elle comprend tout ça.

Lorsqu'elle regarde cette photo, ça la ramène dans un passé qu'elle voudrait oublier. Ce n'était pas mieux avant, même si on dit toujours le contraire. Elle s'est amourachée du premier homme qui a osé s'intéresser à elle. Elle lui a fait deux enfants coup sur coup pour l'en remercier. Une fois qu'elle les a eus, elle a pleuré tout son soûl dans l'espoir de voir apparaître la fibre maternelle. Depuis, elle mène une vie qu'elle n'a pas choisie. Elle a laissé tous ses rêves de côté par dévouement conjugal. Elle n'a jamais rien osé dire pour ne pas déplaire.

Elle est fatiguée de faire semblant d'être heureuse.

Robert ne sait rien de tout cela. Il s'imagine que tout va bien. Il ne pose jamais de questions et ne se plaint jamais de quoi que ce soit. C'est mieux ainsi. Ça fait l'affaire de tout le monde.

Habituellement, le cafard du matin ne dure jamais longtemps. Quelques petites tapes sur les joues, un sourire au visage, un gros soupir, et la vie peut continuer.

Quand les enfants reviennent de l'école, c'est la mère de famille irréprochable qui prend le relais. Elle devient fébrile, légère et totalement amoureuse. À ne plus savoir comment l'exprimer. Elle fait l'envie de ses meilleures amies.

Quand Robert rentre du bureau juste après les enfants, elle se met en mode bonne épouse. Elle lui fait un accueil chaleureux, et elle est aux petits soins pour lui. Il n'y voit que du feu. Elle aussi, d'une certaine manière.

Elle est grotesque.

Elle se relève dans un geste brusque et vif et, sans réfléchir, prend le cadre de la photo dans ses mains et le jette violemment sur le parquet. La vitre vole en éclats dans le corridor. Elle retient une terrible envie d'en prendre une poignée et de se la mettre dans la bouche.

Cette soudaine pulsion lui fait peur.

On ne devrait plus jamais la laisser seule des journées entières.

Ébranlée par sa fureur subite, elle se dirige vers la salle de bain. Elle marche sur les débris de verre qui entrent dans sa peau. La douleur qu'elle ressent lui fait presque du bien.

Ses deux mains tiennent solidement chaque côté du lavabo comme si elle tentait de ne plus toucher terre. Ses pieds meurtris tachés de sang, recroquevillés, touchent à peine les dalles froides du plancher.

Avant d'ouvrir la pharmacie, elle se regarde attentivement dans le miroir. Son visage est blême, ses traits sont tirés, son regard est éteint et il y a trois grands plis qui barrent son front.

Elle rit.

Ses deux mains manipulent nerveusement et rapidement tous les flacons de comprimés qu'elles rencontrent. Elle lit les ordonnances sans rien retenir de sa lecture. Elle cherche un remède miracle pour calmer ses angoisses. Son choix s'arrête sur une prescription d'antibiotiques à peine entamée. Elle ouvre le couvercle dans le but de les avaler d'un seul coup.

Elle se trouve ridicule et pathétique.

Elle rit de nouveau.

Elle laisse tomber le contenant qui se renverse autour d'elle. Le plancher de la salle de bain est tacheté de rouge et de jaune fluorescent.

Aujourd'hui, elle ne perdra pas son temps avec les tâches ménagères. Robert se débrouillera avec la vaisselle, la lessive, le repassage, le ménage et les repas. Il s'occupera aussi des devoirs des enfants.

Et de tout le reste. Pourquoi pas ?

L'ennui n'est rien au fond. Du temps à combler. Une absence à contrôler.

Rien n'est insurmontable, se dit-elle.

Elle songe à ses enfants, Philippe et Maxime, souvent surexcités et intenables. Une multitude d'autres scènes faite de ces instants de frustration rejaillissent dans son esprit. À trop vouloir bien faire et les protéger, elle a peut-être créé des êtres ignobles.

Elle pense à Philippe. Elle le voit se précipiter vers elle. L'entend crier à répétition tant qu'elle ne l'a pas regardé : « Maman ! Maman ! Regarde le beau dessin que j'ai fait à l'école ! La maîtresse m'a donné la meilleure note. »

Et puis après ?

Elle l'aime bien son fils. Ce n'est pas ça. Depuis quelque temps, chaque petit geste qu'il fait, chaque regard qu'il pose sur elle l'irritent au plus haut point. C'est un enfant mesquin qui cherche constamment à attirer l'attention. Elle se rappelle la première fois qu'il l'a traitée de folle. La méchanceté qu'elle avait perçue dans ses paroles et dans ses yeux l'avait complètement chavirée. Elle a toujours gardé pour elle cette blessure à vif.

Elle s'arrête.

Jongle avec ses pensées.

Un mot.

Qu'est-ce qu'un mot ?

Elle avale péniblement sa salive. Son visage s'assombrit.

Elle voit Maxime qui pleurniche. C'est la seule image de lui qui lui vient en tête. Elle ne la supporte plus. Avec lui, tout se termine par des larmes. C'est la façon qu'il a trouvée pour obtenir tout ce qu'il veut. Elle obtempère pour acheter une certaine quiétude qui ne dure jamais longtemps.

Et l'amour dans tout ça ?

Si elle les avait devant elle, elle leur dirait leurs quatre vérités en pleine face. Oui, elle leur dirait.

Elle revient à elle.

Elle se demande ce qu'elle fait dans sa chambre avec tous ses vêtements dans ses mains.

Le cadran sur la table de chevet de son mari indique 7 h 45. Quinze minutes se sont écoulées depuis le départ de Robert et des enfants.

Le temps passe lentement.

Elle s'en réjouit.

Elle a beaucoup de temps devant elle pour faire ses bagages.

Penser

David se plaît à dire à qui veut bien l'entendre qu'il est un gars ordinaire avec un travail qui l'est tout autant. C'est un peu vrai. Il est camionneur pour une multinationale qui fabrique des boissons gazeuses, l'une des plus grosses machines à sous de la planète. En plus d'avoir un salaire plus que convenable, il a droit à de nombreuses semaines de vacances chaque année ; c'est sans compter les jours de congé qu'il peut accumuler pour une raison ou pour une autre. Lorsqu'on fait le compte, David est presque aussi souvent chez lui que dans son camion. C'est Katou, sa magnifique chienne pure race, qui en bénéficie le plus. Son maître en est extrêmement fier, surtout lorsqu'il lui met ses petites bottes dernier cri et son joli gilet à carreaux.

Il faut dire que David est toujours aux petits soins avec elle. Elle a droit aux meilleurs traitements qu'un chien puisse avoir. En échange, elle se doit d'avoir un comportement exemplaire. Ce qu'elle lui offre la plupart du temps.

Au lever, David s'empresse de prendre son petit déjeuner pour ne pas trop faire patienter Katou qui attend le moment de sa promenade. Chaque matin, vers les six heures, alors que tout est calme dehors, on peut les voir faire le tour du pâté de maison tranquillement. David s'assure de faire pisser Katou aux bons endroits pour ne pas déplaire au voisinage.

De retour à la maison après un parcours sans faute, le maître enfile son blouson de travail à l'effigie de la compagnie et, avant de partir, cajole sa charmante chienne une dernière fois.

Pendant plusieurs heures, David conduit son gros camion rouge à travers les rues de la ville. Il trimballe ses boissons gazeuses d'un commerce à l'autre en saluant tous les gens qu'il croise. Les petits garçons qui rêvent de devenir camionneurs le regardent avec envie. Une fois sa journée de travail terminée, il rentre directement à la maison retrouver sa chienne. Habituellement, lorsqu'il ouvre la porte de sa grande maison propre, l'horloge de sa cuisine indique quinze heures.

Dès qu'elle entend la clé tourner dans la serrure, Katou ne tient plus en place. Elle contient son excitation pour ne pas se faire réprimander par son maître. Le regard piteux, elle pleurniche en bougeant sa petite queue. C'est le moyen qu'elle a trouvé pour exprimer sa joie et son ennui. David la rassure en lui tapotant la tête et lui demande de patienter.

Une fois des vêtements propres et décontractés enfilés, il invite Katou à une seconde promenade quotidienne. David la préfère nettement à celle du matin, car elle lui permet de socialiser avec les voisins. La chienne ne fait pas vraiment de distinction. Elle est toujours folle de joie à l'idée d'aller gambader à l'extérieur. Elle pense sans cesse aux fortes odeurs qu'elle reniflera. D'une sagesse exemplaire, elle attend que son maître referme bien la porte derrière lui avant de s'aventurer dehors. Elle pleurniche un peu, question de manifester son état intérieur. Une fois la porte verrouillée, les voilà repartis.

En cette fin d'après-midi, monsieur et madame Latendresse sont affairés à quelques bricoles à l'extérieur de leur maison. David ne perd pas cette occasion pour les saluer chaleureusement et met tout en œuvre pour susciter une discussion. Le moindre petit prétexte lui sert d'alibi. Il excelle particulièrement dans cet art. Son quotidien est sa plus grande source d'inspiration. Il peut pérorer pendant de longues minutes sur le comportement de sa chienne ou de ses petits tracas au boulot. Katou n'a pas été sage comme à l'habitude. Elle a tenté de courir un peu pour se dégourdir les pattes. Il a eu peur qu'elle se sauve. Pendant qu'il conduisait son camion, il a failli être témoin d'un accident qui aurait pu s'avérer très grave. Le prix de l'essence a également augmenté ces jours derniers.

Aujourd'hui, il a tellement de choses à raconter qu'il oublie de prendre des nouvelles de monsieur et de madame Latendresse. Ces derniers l'écoutent patiemment. Ils regardent régulièrement leur montre pour faire comprendre à David que le temps leur est compté. Le geste est trop subtil. Par politesse et pour éviter tous mauvais rapports avec leur voisin, monsieur et madame Latendresse n'osent pas l'interrompre. Ils attendent qu'il se lasse lui-même de son bavardage en faisant bien attention de ne pas trop nourrir la conversation. Cette stratégie, qui exige de la patience, finit par être récompensée.

Content d'avoir échangé longuement avec ses cinquièmes voisins de gauche, David, tout sourire, poursuit sa randonnée avec Katou.

À quelques pas de là, David aperçoit monsieur Samson sur le point de rentrer chez lui. Pour ne pas rater la chance qui s'offre à lui, il l'interpelle de vive voix. Sa stratégie fonctionne. Et le voilà reparti pour une autre longue conversation semblable à la précédente. Katou, qui s'est mise à courir, l'accident grave qui aurait pu arriver, le prix de l'essence…

Malheureusement, monsieur Samson y met un terme rapidement. Il doit aller faire des courses avant le souper. Il tapote sa montre en faisant un air tourmenté pour donner plus de poids à son mensonge. Dans son for intérieur, sans pouvoir se l'expliquer, David est vexé. Il se garde bien de le laisser paraître. Pendant ce temps, Katou pousse des plaintes d'ennui.

Une maison. Deux maisons. Trois maisons. Aucun voisin en vue. David est déçu. Il aimerait jaser encore un peu avant de rentrer à la maison. Ne voyant toujours personne, il décide de prolonger sa promenade en faisant le trajet une seconde fois.

Il croise à l'instant son cher voisin de droite, monsieur Charland. Un sourire illumine immédiatement le visage de David. Monsieur Charland est justement le voisin qu'il espérait rencontrer, car avec lui, les discussions sont toujours longues et agréables. Et effectivement, David a amplement le temps de tout lui raconter. Katou, accident, essence, température, etc.

Monsieur Charland l'écoute sans broncher. Après plus d'une heure, David a épuisé tous les sujets de la journée. La discussion tombe à plat. Plus personne ne parle.

David n'aime pas ce genre de situation. Il se sent piégé et très mal à l'aise.

Il décide de mettre un terme à l'échange en prétextant à son tour qu'il doit faire des courses s'il veut souper. Monsieur Charland ne cherche pas à le retenir. Il le laisse aller en le saluant chaleureusement et retrouve sa bonne humeur une fois David parti.

Trouvant son échappatoire fort inspirante, il décide d'aller à l'épicerie, question de laisser filer le temps jusqu'au souper. Belle occasion pour sortir sa rutilante BMW du garage. Il demande à Katou de l'attendre patiemment dans la maison. Il aimerait beaucoup l'amener, mais elle risquerait de salir la voiture.

David revient rapidement. Katou est heureuse de revoir son maître. Elle sait que c'est maintenant l'heure du repas. Pendant qu'il dégustera un bœuf aux légumes « chauffer et servir » acheté à l'épicerie fine, Katou se délectera de sa nourriture à saveur d'agneau achetée chez le vétérinaire.

Aussitôt dit, aussitôt fait. Les deux ne font qu'une bouchée de leur plat. Le souper ne s'éternise pas et encore moins la vaisselle, puisqu'il a mangé dans un plat prêt-à-jeter.

À 17 h 30, tout est réglé.

Déjà, pense David.

Il regarde la cuisine et le salon. Tout est rangé convenablement. Il monte à grandes enjambées aux chambres et descend tout aussi vite au sous-sol. Même chose : pas la moindre trace de désordre. Sa maison est impeccable.

Déconcerté, David sort de la maison pour aller s'occuper de son terrain. Katou pourra l'accompagner. Il l'attachera tout près du garage, à ses côtés. Comme ça, elle ne s'ennuiera pas pendant qu'il vaquera à ses occupations.

Après s'être assuré d'avoir bien attaché sa chienne, il s'immobilise au milieu de son terrain. Il se gratte la tête l'air de se demander ce qu'il pourrait faire. Rien. Tout a été fait. Ses fleurs sont splendides. Aucun pétale et aucune feuille en mauvais état. Son gazon, d'un vert chatoyant, n'est ni trop long ni trop court et tous les pissenlits ont été enlevés au préalable. Ses arbres sont bien taillés. La peinture de sa maison n'est écaillée en aucun endroit. Son toit, de même que celui du garage, a été remis à neuf il y a peu. Rien ne traîne sur sa pelouse. Son entrée asphaltée a été balayée et lavée pas plus tard que la veille. Sa voiture est nickel. Il n'y a aucune marque de doigts ni aucune trace de quoi que ce soit sur la carrosserie et les vitres. Ses pneus sont bien gonflés et loin d'être usés.

David ne sait plus quoi faire. Il n'a pas envie de rentrer à l'intérieur. Il n'a pas non plus le goût de rester à l'extérieur. La situation l'embête. La seule chose qu'il pourrait faire serait d'aller se coucher, mais il est trop tôt pour dormir. En plus, il n'est pas certain qu'il pourrait trouver le sommeil facilement car il n'a pas l'esprit en paix.

Hier soir, juste avant la tombée de la nuit, l'orage, qui menaçait depuis un certain temps, a fini par éclater. Dans un excès de rage, sa femme lui a avoué qu'elle avait un amant et qu'elle s'en allait vivre avec lui. Elle en a profité pour lui dire ses quatre vérités en pleine face. Il n'a pas eu le temps de placer un seul mot qu'elle était déjà partie avec presque rien. En une fraction de seconde, David a vu vingt ans de sa vie se refermer sur lui.

Une légère angoisse le surprend.

Il secoue la tête pour chasser ses pensées.

Croire

François va à l'église tous les jours. Il n'arrive plus à vivre normalement depuis la première fois qu'il y a mis les pieds. Ironiquement, ce lieu saint a totalement perturbé sa vie. Ce jour-là, c'est comme si on lui avait volé le fondement de son existence. Depuis, se manifeste en lui, au creux de ses entrailles, une forte pulsion dévorante et dérangeante qu'il ne parvient ni à contrôler ni à expliquer.

Voilà quinze ans que ça dure. Quinze ans à chercher, à essayer de comprendre et à tenter de trouver la réponse à cette énigme. Il est de moins en moins certain de pouvoir y arriver, mais il s'entête. Il veut une réponse. Pas question d'abandonner.

Chacune de ses visites est brève. Les rares occasions où il a voulu rester plus longtemps, il a ressenti un vertige. Une fois, il s'en souvient très clairement, la mort lui a tendu la main. Il pourrait le jurer.

L'église ne tolère que le silence. Le moindre bruit est amplifié et semble résonner à l'infini pour des siècles et des siècles. Ce n'est jamais très agréable à entendre pour personne. Il s'étend et s'immisce partout dans l'espace pour finalement s'accrocher à l'âme des fidèles. Chaque parcelle de ce bruit vibre intensément au fond de l'âme ne laissant aucune envie à quiconque de recommencer.

Il supporte très mal cette ambiance austère.

Quand il entre, il se fait discret le plus possible. Il respire à peine et il marche sur le bout des pieds en longeant le bas-côté, en se dirigeant lentement vers son banc. Toujours le même. Le treizième. Question de conjurer le sort. De l'anti-superstition. Au cas où.

Tous les jours, la plupart des bancs sont vides. On y trouve çà et là de vieilles femmes pieuses. Elles viennent s'y recueillir dans le silence lourd et épais de ce lieu sacré. Elles ne remarquent jamais la présence de François. Elles sont trop concentrées sur leurs prières et plongées dans leur solitude respective.

Lui, il les remarque. Il ne fait que ça, en fait. Il observe ces femmes absorbées dans la plénitude et la grâce du Christ.

Pour ne pas déranger cet équilibre précaire, il ose à peine déglutir. Sa retenue le fait pleurer des yeux. Il souhaiterait être libéré de cette pesanteur silencieuse par un toussotement. Mais rien ne survient jamais.

Le malaise qu'il ressent vient une fois de plus à bout de son endurance. Ce calme-là l'oblige à sortir pour aller respirer un autre air. N'importe quoi sauf ça.

Très peu de temps après son arrivée, il se lève sur la pointe des pieds en faisant toujours autant attention de ne déranger personne. Malgré ces efforts, il finit inévitablement par perturber tout le monde, car les gonds de la lourde porte de métal qu'il ouvre lâchent une plainte aiguë s'apparentant à des pleurs d'enfants. Avant qu'elle ne se ferme complètement, il les entend toutes tousser les unes après les autres comme si elles profitaient de ce moment pour éloigner le malaise palpable suspendu entre la gloire de Dieu et leur désœuvrement.

Une fois au dehors, sa tête est remplie d'une seule image, celle de ces femmes pieuses. Il est toutes ces femmes à la fois. Il a mille ans. Mille ans de silence. Il les porte clairement en lui, toutes autant qu'elles sont. Il les voit. Elles sont éloignées, séparées. D'un banc, l'autre. Aucune à proximité. Elles se connaissent de vue, mais jamais ne se parlent. Elles ont un rendez-vous quotidien avec leur solitude et l'entretiennent méticuleusement.

L'image de ces femmes, éparpillées sur autant de bancs qu'elles sont nombreuses, l'obsède. Elle vient se coller aux parois de son cerveau. Juste au côté du silence. C'est comme ça tous les jours que le bon Dieu amène.

L'idée de les présenter l'une à l'autre lui a déjà effleuré l'esprit pour que le silence soit enfin rompu et que des liens se tissent. Pour qu'enfin s'établisse un échange, une interaction, voire un dialogue entre elles. Il se sent porteur d'une mission : les délivrer du poids des auréoles qu'elles portent au-dessus de leur tête et qu'il arbore à son tour contre sa volonté.

Au-delà de l'image ecclésiale, son esprit est divisé en compartiments dans lesquels on trouve chacune de ces femmes à l'existence semblable. Elles habitent un minuscule appartement surchargé où s'entassent mille et un souvenirs impérissables pour leur rappeler ce qu'elles furent, ce qu'elles ne sont plus. Objets cruels d'une mémoire ancienne hors du temps.

Sous l'amoncellement d'objets, l'espace de vie est restreint. Plus elles s'accrochent au passé, moins elles s'enracinent dans le présent. Le futur n'existe pas. Assises à la table de la cuisine, elles peuvent passer des heures à se rappeler les jours anciens en fixant le Christ en croix au-dessus d'une porte.

La photo de mariage accrochée au-dessus d'une vieille commode leur rappelle leur défunt mari et quelques jours heureux. La naissance de leur premier enfant. Les Noëls passés en famille. Certaines querelles d'ivresse, des malentendus. Et la mort, inévitable.

Aux souvenirs douloureux, elles reviennent à la réalité. Elles se lèvent pour regarder à la fenêtre. Elles voient des enfants se rendre à l'école. Ils rient, gambadent, se bousculent et crient au lieu de parler. Elles retournent s'asseoir. Leurs yeux croisent quelques vieux cadres hérités de leurs parents installés çà et là sur les murs. La mort, toujours. Implacable. Elles cherchent leur salive et se lèvent à nouveau pour prendre un verre d'eau.

Voilà le théâtre de ce qui rejoue sans cesse dans la tête de François.

L'idée de les libérer s'intensifie au fil du temps qui passe. Les délivrer de la lourdeur de leur âme engourdie.

Son projet est insensé.

En voulant quitter les méandres de son cerveau où ont pris refuges ces vieilles dames, il pénètre malencontreusement dans le repli de ses souvenirs qui le frappent de plein fouet.

Il est assis dans sa cuisine et il regarde à l'extérieur par la fenêtre. Il voit une affiche délavée agrafée au poteau électrique. Elle bat un peu au vent. Il entend ses enfants jouer dans le salon et sa femme siffloter en coupant des légumes. L'odeur de la soupe embaume l'appartement plein de vie. Ça lui rappelle un certain bonheur d'été. Un bonheur fait de joie et d'allégresse. Du rire au cœur.

La vie à bras-le-corps.

Juste avant l'accident.

L'inévitable mort.

François essaie de contenir le raz-de-marée qu'il sent monter en lui. Il ferme les yeux pour chasser ce souvenir qui reste là, indestructible, gravé dans sa mémoire.

Il a, tout à coup, la tête pleine de l'accident. Il entend clairement des bruits de ferraille et des hurlements de douleur s'apparentant à ceux des cochons qu'on égorge. Il voit de la tôle froissée et des corps qu'on écrase dans un étau.

Ce qu'il voit et ce qu'il entend se répètent et s'entremêlent.

Sa tête est un capharnaüm.

Il voudrait absoudre à jamais ces scènes atroces.

La condition humaine, pense-t-il.

Chaque homme est seul et doit porter sa croix dans la souffrance.

Du début à la fin.

Ces femmes le savent mieux que lui.

La condition humaine…

Ses pensées obscures continuent d'exploser dans sa tête. C'est un déferlement de souffrances insupportables couvertes de sang et de morts.

Il craint de sombrer dans la folie et d'y rester.

Il a du mal à marcher et à se tenir debout. Il ne supporte plus le poids des choses. Ses jambes sont en train de flancher. Sa vision est brouillée. De la sueur perle sur son front.

Il tombe.

Dans un effort ultime, un sursaut de vie inespéré, il se relève. Il rebrousse chemin pour retourner dans cette église. Sinon, il n'est plus rien, croit-il.

Il s'accroche à cette idée pour se calmer, mais le résultat est pire. Il tente alors de ne plus penser à rien de ne plus penser à rien de ne plus penser à rien, de ne plus…

Le son d'une cloche fêlée le met en état d'alerte. Un vent de panique s'empare de lui. Il ferme les yeux pour ne pas voir les deux autos qui s'entrechoquent violemment.

Après, c'est le noir total.

En rouvrant les yeux, il aperçoit le clocher de l'église. Il se sent déjà mieux. Presque soulagé. Ce qu'il voit est une promesse de délivrance.

Sur le parvis de l'église, les choses semblent vouloir rentrer dans l'ordre. Il ne ressent ni angoisse, ni fatigue. C'est l'accalmie. Les atrocités ont cessé de hanter sa conscience.

Il prend une grande respiration pour se donner du courage avant d'entrer dans le lieu saint. Il veut seulement aller s'asseoir à sa place habituelle pour retrouver ses repères et toucher l'indicible.

Il ouvre doucement la lourde porte. Les têtes blanches éparpillées dans l'église illuminent la nef. Ça l'éblouit. Les images de ces femmes refont aussitôt surface. Il n'a pas le temps de les esquiver. Elles l'assaillent déjà de toutes parts.

Et tout recommence. Même vision. Même scénario. Même obsession.

Il se traîne jusqu'à son banc en essayant de se calmer. Il n'y a rien à faire. Qu'il ferme ou non les yeux, qu'il pense ou non, tout ça persiste dans son esprit.

Et il sait pertinemment que ses souvenirs à lui ne sont pas très loin.

Son cœur se met à battre la chamade. Le sang lui monte à la tête. L'air se raréfie. Il halète. Il n'ose plus bouger. Son corps est figé. Stigmatisé.

Il tente de retrouver la raison par la prière. Son impuissance augmente. Des larmes coulent sur ses joues. Chaudes. Huileuses. Le silence est intolérable. Il s'en rend compte maintenant.

Il se mord l'intérieur de la bouche pour contenir sa douleur.

Son visage est rouge et inquiétant.

Il est sur le point d'éclater.

Toujours cette image qui s'impose à sa mémoire. Elle semble vouloir s'incruster et s'imprégner dans son crâne.

Il résiste autant qu'il peut.

Il voudrait se planter un glaive dans chaque œil pour ne plus voir.

Le silence insupportable bourdonne dans ses oreilles.

Il voudrait se les arracher pour ne plus entendre.

D'un bond, sans réfléchir, il se lève et, d'un pas décidé, se dirige vers l'autel. Il s'arrête tout près du tabernacle. Il lève la tête vers le ciel et, en regardant le Christ en croix, hurle sa douleur.

Les vieilles femmes, stupéfaites, sortent de leur isolement en lâchant des petits « ho ! » d'étonnement. D'un air complice, devant l'incongruité de la situation, elles se jettent des regards équivoques. Elles se sourient.

Épuisé, il sort de l'église en titubant. Avant que la lourde porte ne se ferme, il entend les vieilles parler entre elles pour la première fois.

Juger

Il fait un temps splendide comme on n'en a pas eu depuis trop longtemps. La tranquillité règne encore dans le voisinage. Les commerçants se préparent à accueillir leur clientèle ; le facteur, d'un pas leste, passe discrètement de maison en maison pour déposer le courrier des résidents ; et le camelot, à moitié endormi, distribue le journal à ses abonnés. Quelques rares enfants sont dehors à s'inventer des jeux impossibles avant d'aller à l'école.

Eugénie, quant à elle, contrairement à ses habitudes, est déjà réveillée. Elle paresse un peu dans son lit, déchirée entre le désir de profiter pleinement de cette belle journée qui s'annonce et celui de faire la grâce matinée.

C'est la première option qui l'emportera.

Avant de se lever, elle étire ses bras pour se dégourdir. Elle ne contrôle pas les mouvements qu'elle fait. Elle ne parvient pas à déplier complètement celui de gauche. Il reste plié vers l'intérieur. Celui de droite va dans tous les sens vers l'extérieur. Même chose pour ses mains. Celle de gauche est crispée vers l'intérieur et celle de droite forme une étoile vers l'extérieur. Cet étirement la ragaillardit néanmoins. Elle se sent d'attaque pour se lever.

Puisque chaque geste qu'elle pose lui coûte un effort, la levée du corps ne se fait jamais sans heurts. Il faut qu'elle se concentre énormément avant d'effectuer le moindre mouvement. D'abord, passer la commande au cerveau, exécuter ensuite. Entre les deux, une éternité.

Lentement, Eugénie soulève son tronc. Une fois en position assise, dans un effort qui pourrait sembler surhumain, elle parvient à glisser sa jambe droite à l'extérieur du lit. Elle doit prendre une pause pour reprendre son souffle. Ensuite, elle ramène le poids de son corps sur son bras droit bien appuyé sur le matelas, ce qui lui permet de soulever sa jambe gauche et de la ramener aussi à l'extérieur de son lit. Elle laisse glisser ses pieds au sol et, à bout de force, elle demande au bas de son dos de faire le reste.

Une fois debout, chancelante, elle se tient après la commode pour ne pas tomber. Dès qu'elle la relâche, son équilibre est précaire. Elle a beau redresser constamment sa jambe gauche, elle s'incurve toujours vers l'intérieur. Son genou plie automatiquement et son pied se renverse inévitablement, obligeant ses orteils crispés à supporter tout le poids de son corps et la douleur provoquée par ce mouvement.

Eugénie est incapable de mettre un pied devant l'autre pour avancer. Elle les pose comme elle peut. Ils ne prennent jamais la direction qu'elle souhaite. Souvent, ils s'enchevêtrent. Dans sa tête, elle se voit chuter sans arrêt. Ça la fait toujours paniquer, mais ça ne dure jamais longtemps. Elle reprend ses esprits et poursuit sa route jusqu'au prochain déséquilibre.

Ce matin, sa situation la frustre. Elle voudrait faire les choses à toute vitesse pour pouvoir profiter pleinement de ce temps splendide. Quand bien même elle voudrait, son état l'oblige constamment à tout anticiper et à prendre son mal en patience.

Son corps sera toujours en retard sur son cerveau.

Eugénie aurait aimé prendre soin d'elle avant de sortir sur son balcon pour avoir le sentiment d'être la plus belle. Elle aurait aimé prendre le temps de mettre du rouge à ses lèvres, du fard sur ses joues et une ligne noire sous ses yeux pour faire ressortir la profondeur de son regard. Elle aurait aimé coiffer ses cheveux pour en accentuer les boucles et se parfumer le corps pour enivrer les hommes. Être jolie, tout simplement, comme si elle se préparait à aller danser.

Danser ! Ça la fait tellement rêver. Chanter aussi, lorsqu'elle finit par oublier sa voix de petit animal blessé qui jaillit de sa gorge dès qu'elle ouvre la bouche.

Eugénie se hâte tout de même du mieux qu'elle peut. Elle veut être à l'extérieur juste avant le passage du facteur, le seul homme qui lui fait autant battre le cœur. Si elle prenait le temps de se faire belle comme elle en a envie, il aurait fait le tour du quartier avant qu'elle ne mette le nez dehors.

Ce matin, il n'en est pas question. Il fait trop beau pour rater une occasion pareille. Elle se sent pousser des ailes.

Eugénie s'habille donc à la hâte. Elle n'enfile qu'une simple robe légère. Elle se bat un peu avec les manches et sa tête, qui dodeline sans arrêt et qui ne parvient pas à pénétrer dans l'encolure pourtant assez grande. Dans son empressement, et mue par un léger sentiment d'affolement, elle tombe sur le plancher. Elle en est quitte pour une autre petite frousse et quelques ecchymoses.

Une fois son vêtement enfilé, elle se dirige, avec assurance, croit-elle, sur son petit balcon qui donne directement sur la rue. Elle ne se rend pas compte que l'arrière de sa robe est coincé dans sa petite culotte et que les boutonnières mal attachées laissent entrevoir ses seins rabougris. Avec ses cheveux tout entremêlés, elle est loin d'avoir fière allure.

Les gens qui passent dans la rue la regardent bizarrement. Pour se donner une contenance, Eugénie les salue d'un signe de la main. Son bras fend l'air d'une façon ridicule. Personne ne le lui rend. Elle croit savoir pourquoi.

Honteuse, elle s'assoit discrètement sur sa chaise berçante en faisant très attention aux gestes qu'elle pose. À peine assise, elle voit arriver le facteur. Elle a soudainement chaud et ne sait plus où se mettre. Elle souhaite maintenant ne pas recevoir de courrier aujourd'hui, mais elle voit bien qu'il se dirige d'un pas décidé vers elle.

Elle est rouge comme une tomate. Impossible pour elle de cacher son trouble. Elle en rajoute en arborant son sourire des grandes occasions, qui déforme complètement son visage. Le facteur, incapable de la regarder dans les yeux, lui remet son courrier précipitamment en fixant le sol. Il a à peine le temps d'entendre le « 'on'our » qu'Eugénie avait pris le temps de lui dire.

Partager

Monsieur Porter habite un petit village tranquille où règne la bonne entente. Il en est d'ailleurs l'un de ses principaux artisans. Pas étonnant, car il en a fait sa philosophie de vie. « Jamais je ne me fâche, jamais je ne médis », se plaît-il à dire en ajoutant que les humains ne sont pas sur terre pour s'entre-tuer. Pour être en harmonie avec sa façon de penser, il fait tout pour éviter le moindre conflit.

Depuis sa naissance, sa vie est irréprochable. Essayer de prendre cet homme en défaut s'avérerait être une lourde tâche. Personne n'a jamais osé, ni même voulu. Ça ne servirait à rien de toute façon et, pour lui, ce serait une défaite inestimable si on en arrivait là un jour.

Tous les gestes qu'il pose sont méticuleusement étudiés et calculés. Chaque mot qu'il prononce est savamment pensé, réfléchi et soupesé. Il est honnête et intègre. Toute son existence a été construite autour de ces principes. Il n'y a jamais dérogé.

La seule chose regrettable dans la vie de cet homme est le fait que l'amour ne s'est jamais arrêté sur son chemin. Si on le questionnait à ce sujet, il dirait tout simplement qu'il n'a pas encore rencontré la bonne personne. « Un jour, il trouvera », pense-t-il en bon optimiste qu'il est. En attendant de trouver la perle rare, il donne aux autres sans compter. Il est toujours prêt à rendre service à quiconque. Les gens le savent et n'hésitent jamais à faire appel à lui et on lui offre la même chose en retour.

Malgré tout, l'amour lui manque. Il a essayé à plusieurs reprises de bâtir une relation sérieuse sans jamais y arriver. À sa grande tristesse, la plus longue aura duré une dizaine de jours, tout au plus. Comme quoi ce genre de chose ne se commande pas. C'est la vie, comme on dit.

Il sait ce qu'il veut et ne cessera jamais d'y croire. Il cherche une femme discrète, calme, sereine, équilibrée, intelligente et d'humeur égale. Agréable le matin, joyeuse l'après-midi, apaisante le soir et tranquille la nuit. Enfin, pas complètement. Elle devra être belle, pas trop bavarde, convenable et autonome. Elle aimera les gens, les arts en général et saura tenir sa place.

Cette femme existe. Il le sait. Lorsqu'il la rencontrera, il la reconnaîtra et elle sera sa fierté.

Oui, quand il y pense, il se voit au bras de cette belle dame à faire le tour des commerçants de la *Place des marchands* chaque dimanche. Il s'imagine commander deux poissons plutôt qu'un seul ou lui conseiller un roman plutôt qu'un autre.

Il ne perd pas espoir. Il regrette que ça ne ce soit pas fait plus tôt bien qu'il contrôle parfaitement son envie d'être deux. C'est entre lui et sa conscience. Qu'on ne s'inquiète ; elle est tranquille. C'est un homme heureux qui adore la vie par-dessus tout.

Les gens de son village le respectent beaucoup. Ça l'aide à rester en paix avec lui-même. On n'oserait jamais le soupçonner de désirer une femme. D'ailleurs, on ne le perçoit pas comme étant une personne sexuée. En souriant, on dit qu'il est au-dessus de tout cela, le chanceux.

Aujourd'hui, rien n'est moins certain pour monsieur Porter. La présence d'une femme lui manque plus que de coutume. Il aimerait déposer sa tête sur son épaule, se blottir dans ses bras, se faire caresser les cheveux et recevoir de doux baisers comme ça, sans raison, à toute heure du jour et de la nuit.

Ce n'est pas grand-chose à espérer et pourtant !

En cette belle journée de printemps, les mines réjouies se comptent par dizaines. Ça irradie de partout. Monsieur Porter ne peut faire deux pas sans devoir s'arrêter pour échanger avec tout un chacun. On parle des petits riens de l'existence avec légèreté et bonhomie.

Tout le monde n'a que de bonnes nouvelles à lui communiquer. Madame Duchâtel vient juste d'avoir la visite de sa charmante cousine. Elle vient des vieux pays. Ce n'est pas souvent qu'on peut la voir. Monsieur Lapalme trouve la température splendide. Pour la saison, c'est plutôt rare. Un temps idéal pour aller à la pêche. Mademoiselle Ambroise lui parle avec enthousiasme de son nouveau chaton adorable. Tigris fait la joie de sa maîtresse. Elle retombe littéralement en enfance. Monsieur Hubert lui raconte les vertus mécaniques de sa nouvelle voiture. Ça ne se compare pas avec tout ce qu'il a déjà eu.

Monsieur Porter est ravi d'entendre tous ces gens. Sur lui, pas le moindre mot. Quand on lui demande comment il va, il rougit en disant : « Il faut bien ! ». Puis il rit. Habile, il fait bifurquer la conversation sur un autre sujet.

Son après-midi passe comme ça en s'abreuvant du bonheur des autres. Il en profite pour faire quelques emplettes. Il revient chez lui heureux, la tête pleine de ces gens aimables et gentils. Il se sent moins seul.

Ce soir-là, en préparant tranquillement son repas du soir, il se remémore toutes les petites conversations qu'il a eues au cours de la journée. C'est à mademoiselle Ambroise qu'il repense le plus. Elle avait un air ravissant. C'est la première fois qu'il la voyait aussi flamboyante. Il sourit en se rappelant le joli visage qu'elle arborait lorsqu'elle lui parlait de son chaton. Il se dit qu'il devrait peut-être en adopter un. Ça lui ferait de la compagnie.

Il s'esclaffe en pensant à tout le trouble qu'apporterait la seule présence d'un chat dans sa maison. Il n'aurait pas la patience de l'éduquer pour qu'il ne fasse pas ses griffes sur le sofa et qu'il ne grimpe partout. Ça l'agacerait profondément de l'entendre miauler à la moindre occasion et de se faire réveiller en pleine nuit. Il ne supporterait pas non plus l'odeur désagréable de la litière et n'aurait pas le cœur assez solide pour la changer régulièrement. Il adore les chats, mais pas dans sa maison.

Mademoiselle Ambroise avait bien du courage, lui semblait-il soudainement.

Madame Duchâtel, quant à elle, a été fort généreuse de recevoir sa cousine comme elle l'a fait. Il imagine son cousin anglais débarquer chez lui à l'improviste. Ça impliquerait qu'il lui aménage la chambre d'ami, qu'il partage avec lui la plupart des repas qu'ils auraient à prendre, qu'il passe le plus clair de son temps en sa compagnie, qu'il lui fasse la conversation et combien d'autres choses de cette nature.

Ça l'épuise rien qu'à y penser. Il doute que ce soit pour lui.

La voiture de monsieur Hubert donne envie. Ça pourrait s'avérer utile qu'il s'en achète une. Il pourrait sortir du village de temps à autre. Aller voir sa famille. Retrouver une certaine liberté perdue.

Mais à quel prix ?

Les premières années, une voiture neuve ça va. C'est après que ça se gâte. Toutes les pièces finissent par devoir être remplacées. Le coût des réparations est exorbitant. C'est sans parler de l'essence. Et l'entretien ? Pneus d'été, pneus d'hiver et tout le bataclan.

Très peu pour lui.

La pêche peut-être ? Faire comme monsieur Lapalme ?

À part quelques rares fois avec son oncle qui l'amenait pêcher la truite dans une petite rivière près de la maison, il n'a jamais vraiment aimé la pêche. Empâter le ver sur l'hameçon le dégoûtait. Quand ça mordait, il ne savait pas comment s'y prendre. Son oncle finissait par tout faire à sa place.

En continuant de préparer son repas, il se surprend à repenser à mademoiselle Ambroise. Elle lui apparaît soudainement sous un jour nouveau, lumineuse. Pour lui, c'est une révélation étonnante. Proche du rêve. Il l'avait toujours perçue comme étant une dame parmi tant d'autres. De ces dames qu'on croise de temps en temps à la *Place des marchands* et à qui on dit bonjour en achetant un morceau de fromage et une baguette de pain.

Mais là, soudainement…

Il s'interroge.

Était-il dans l'erreur depuis tout ce temps ? Comment avait-il pu ne pas voir ? L'amour s'apprêterait-il à frapper à sa porte ? S'intéresserait-elle à lui ? Et lui, à elle ?

Ça se pourrait bien.

La façon qu'elle avait de le regarder et de lui sourire…

Une odeur de brûlé le sort brusquement de sa rêverie. Son repas n'est plus qu'un amas noirci au fond de son poêlon. Il s'en veut d'avoir manqué d'attention à ce point. Ça ne lui arrive jamais. Il aura fallu qu'il se mette à rêvasser à une femme pour que ça se produise.

Sa bêtise est impardonnable. Il contrôle à temps un petit sentiment de rage qu'il sent monter au creux de sa poitrine.

Cet incident, en apparence anodin, le fait réfléchir. Si de penser à une femme lui fait rater son repas, qu'en serait-il s'il venait à partager sa vie avec l'une d'entre elles ?

Son questionnement le laisse perplexe.

Comment a-t-il pu imaginer, l'espace d'un instant, la possibilité d'un éventuel amour entre mademoiselle Ambroise et lui ?

Sa lucidité lui fait entrevoir les problèmes liés à une telle liaison. Le chaton serait le premier obstacle à leur union. Il deviendrait vite une source de conflits entre les deux. Mademoiselle Ambroise prendrait évidemment la défense du chat à la moindre occasion. Elle l'accuserait de ne pas aimer les félins, ce qui est totalement faux. Il les aime, mais à sa façon.

Il n'a pas envie de vivre dans un rapport d'incompréhension. Encore moins de devoir s'expliquer sur tout. Mademoiselle Ambroise lui reprocherait de ne pas suffisamment s'exprimer. Elle le confronterait tout le temps pour un oui ou pour un non jusqu'à ce qu'il finisse par parler. Il refuserait. S'entêterait. Mademoiselle Ambroise exploserait de rage et pleurerait sans cesse. Lui, de son côté, se sentirait impuissant et ne saurait pas la consoler. Il ne dirait rien. La communication entre eux ne serait plus possible. Ça finirait comme ça car il déteste se quereller.

Décidément, une liaison avec mademoiselle Ambroise est à déconseiller.

Il a l'impression qu'il vient d'éviter de se mettre dans l'embarras. Il est également fier d'avoir su prendre une décision éclairée à temps avant qu'il ne soit trop tard.

« Je me reconnais bien là », pense-t-il en sifflotant un air joyeux.

Vieillir

Il regarde attentivement le dessus de ses mains.

C'est une masse informe. Les nombreuses taches brunes semblent bouger. On dirait de petits insectes nuisibles ou des bactéries quelconques qui le grugeraient lentement de l'intérieur. La peau est d'une minceur extrême. Diaphane, fragile et striée de millions de lignes qui ne cessent de se multiplier à mesure que le temps fuit. On voit le détail des veines au travers. Noueuses, gonflées et prêtes à éclater. On dirait des racines d'arbres déterrées.

Ses mains sont affreuses. Elles sont à la fois repoussantes, étrangères, animales, végétales et inhumaines.

Il ne peut plus les bouger.

Ce ne sont plus des mains.

Les jours se sont succédés les uns après les autres sans qu'aucun changement soit apparent. Pourtant, lorsqu'il se regarde, force est de constater qu'un monde le sépare entre avant et maintenant. La transformation s'est faite subrepticement et un jour il n'a plus été capable de s'en servir.

« Lequel d'entre eux a fait la différence ? », se demande-t-il.

Il questionne le temps qui passe presque sans arrêt. Il veut comprendre l'usure du quotidien. Au détail près.

Tout sauf les mains, si on lui avait demandé son avis.

Qu'est-ce qui lui reste sinon ?

Ses mains barrées ne lui permettent plus de manier aucun outil. Il n'est plus capable de boire une tasse de thé sans en renverser la moitié sur lui. Toutes ses camisoles sont tachées sur le devant. Les taches ne partent pas au lavage, comme celles sur ses mains. Celles-là sont pires que les autres. Il n'y a plus rien à faire. C'est la peau qui s'est fanée, qui a perdu de sa vitalité.

La vie lui pèse depuis sa retraite forcée. Ça lui a donné un coup. Une mise à pied déguisée par des compressions budgétaires. « On ne peut faire autrement », lui avait bêtement dit son patron après tant d'années de loyaux services.

S'est ensuivie une désillusion complète quant à ce dernier avis. C'est comme si on venait de lui dire qu'on n'avait plus besoin de lui. C'est le sort qu'on réserve habituellement aux vieux. On les enlève de la circulation pour qu'ils ne gênent pas l'histoire en marche.

« Ils avaient peut-être raison. Je suis vieux », songe-t-il en regardant ses menottes rouillées et érodées.

Quand il y pense, il ne sait pas comment il a fait pour travailler sur d'énormes chantiers de construction beau temps mauvais temps, à s'user les mains sur de gros boulons de métal. Il pouvait passer des semaines et des semaines à ne plus avoir de sensation au bout des doigts. Ils étaient continuellement rouges et enflés. La peau, à vif. Ses paumes, grugées par la pression exercée par la lourde clé à molette et limées par le mouvement de va-et-vient incessant, étaient dures comme du roc.

La souffrance était insupportable.

Il s'en souvient.

Quand il rentrait à la maison, il plongeait ses mains dans de l'eau brûlante javellisée. Le mal ne disparaissait jamais complètement, mais ça le soulageait.

Il ne s'est jamais plaint. On ne se plaint pas d'avoir du travail. Il n'était pas impotent. Seulement fatigué, éreinté et exténué. Pour le reste, ça allait.

La vie sur les chantiers a duré longtemps même si ce n'était pas pour lui.

Il regarde à nouveau le dessus de ses mains.

Il se rappelle la vie sur les bateaux. Il faisait toujours froid. Surtout dans la salle des machines. Un temps glacial à longueur d'année. Il avait les extrémités des doigts gelés en permanence. Souvent, il ne les sentait plus. Il s'amusait à tester leur degré d'insensibilité en les appuyant de toutes ses forces contre les piliers métalliques du navire. L'insensibilité n'avait aucune limite. On aurait pu les lui couper, il n'aurait rien senti.

Il refait l'inventaire des jours passés sur ce navire. Il tente de se souvenir de chaque matin. Aucun d'entre eux ne ressort du lot. Pour lui, ils ont tous été pareils de banalité.

Sa main gauche est pire. Tous les doigts sont recroquevillés vers l'intérieur de la paume. Morts, pratiquement. Ils ne peuvent plus se déplier, ni serrer, ni palper. Encore moins s'appuyer et se cramponner.

Ils sont hors d'usage.

Pas complètement. Avec beaucoup d'efforts et de concentration, il parvient à les remuer légèrement.

Tant d'énergie pour si peu de résultat.

Pitoyable. S'il avait su qu'il en arriverait là !

Il aurait dû développer son intelligence plutôt que de s'en remettre toute sa vie au travail manuel. Il aurait mieux tiré son épingle du jeu.

Ç'aurait peut-être été peine perdue aussi. On ne lui a jamais appris à se servir de sa tête. Par après, il n'a jamais osé. Par peur. Par peur d'être aux prises avec ses limites.

Il les aurait séduites comme toutes ses femmes qu'il a eues entre ses bras ? Pas certain qu'il aurait eu autant de succès.

Mais à quoi bon maintenant toutes ses conquêtes ? À l'heure des bilans, ça ne change strictement rien à la réalité. Aucune pour s'intéresser à lui, et elles ont raison. Qui voudrait d'un manchot ?

Aussi bien dire qu'il aimait les femmes.

Peut-on parler d'amour lorsqu'on ne fait que s'en servir comme il l'a toujours fait ? Il les a toutes trompées à tour de rôle sans exception comme un petit Casanova à la gomme. C'est la moindre des choses qu'il en paye le prix aujourd'hui.

Dans moins d'une heure, l'infirmière arrivera pour prendre soin de lui. Elle préparera son repas. Elle l'aidera à se déshabiller, à se laver et à enfiler son pyjama. Après, il pourra aller au lit quand bon lui semblera. Elle repartira soigner un autre invalide.

Si ce n'était que de lui, c'est un tout autre rôle qu'il lui confierait. Il la voudrait pour maîtresse. Elle est jolie. Elle lui rappelle une femme qu'il a aimée autrefois et qu'il n'a pas su garder comme de raison. Du temps qu'il pouvait caresser longtemps en effleurant la peau duveteuse des femmes. Du temps qu'il pouvait pétrir leurs seins et enfouir ses doigts dans leur sexe chaud en maniant leur chair jusqu'au plaisir.

Il soupire.

Il vaut mieux en rester là.

Il n'arrive même plus à se masturber convenablement.

La vie est à côté de lui. Toute proche, mais inaccessible.

« Regarde-moi, ne me touche pas », semble-t-elle lui signifier du haut de sa grandeur.

Elle s'est bien débrouillée pour le mettre au rancart et ça a commencé il y a longtemps.

À l'école, il se faisait corriger par le maître de classe. À coup de règle, on lui tapait sur les doigts pour en faire un droitier.

Ce qu'il a fini par devenir.

Il n'a jamais compris pourquoi on ne voulait pas des gauchers.

Il en garde un souvenir amer.

Pas étonnant qu'il écrive comme un cochon. Lettres illisibles, hésitantes et croches. Comme ses mains.

Avant l'école, il y a eu son père qui voulait un fils à son image.

Que penserait-il de lui aujourd'hui ?

Il serait certainement déçu. Comme de son vivant. C'était un être violent, hargneux et contrôlant. Il prenait plaisir à lui tenir tête en refusant de se plier à ses exigences. Pour le punir, son père lui infligeait d'importants sévices.

Ce père, il le détestait. Sa mère ne cessait de lui répéter qu'il lui devait obéissance. Il s'est toujours retenu de ne pas la gifler pour lui faire voir en pleine face que son mari n'était rien d'autre qu'une brute mal dégrossie en manque de pouvoir.

Des milliers de fois, l'idée de le tabasser avec ses poings jusqu'à ce que mort s'ensuive lui a traversé l'esprit.

Son plus grand regret est de ne pas l'avoir fait.

Mourir

Hommage à Pauline Julien

Aphasie.

La sentence vient de tomber.

Aphasie.

Ce mot l'obsède. Elle y pense sans arrêt. Ce mot qui ne signifiait rien avant qu'elle ne l'entende.

Aphasie.

Affection neurologique. S'il y a des choses qu'elle ne comprend plus. *Caractérisée par une perturbation de l'expression.* Des mots qu'elle oublie. *Ou de la compréhension.* Le mot *aphasie* est clair et limpide. *Du langage parlé et écrit.* Elle ne pourra jamais l'oublier. *À la suite d'une lésion.* C'est probablement le dernier auquel elle pensera avant de mourir. *Du cortex cérébral.* Le seul qui aura raison de tout.

Des morceaux *Désordonnés* épars *Hachurés* de sa vie *Raturés* traversent sa mémoire *Anachroniques.*

Tout est *Détruit* sans dessus *Défait* dessous *Douloureux.*

La joie.

Quelle joie ?

Ai-je été ?

Suis-je ?

Pourquoi ?

Le mal de vivre. Omniprésent. Toujours. Le début. Là, bien présent. Palpable. Blotti. Indéracinable. Tuant.

Ç'est ça. Tuant. Tuer. Se tuer. Se taire.

Disparaître.

S'asseoir.

Stabiliser la tête qui tourne avec les deux mains pour ne pas la perdre.

Réfléchir longtemps avec difficulté.

Ne rien trouver. Ne plus avoir d'idées. Que des trous vides.

La tête vidée de son essence.

Paralysie et angoisse.

Incapacité à penser bouger agir et vivre.

Vivre comme il faut.

Mettre un pied devant l'autre. Et recommencer.

Mettre un pied devant l'autre. Et recommencer.

Elle s'esclaffe. Ça lui rappelle une chanson.

Non, ce n'est pas ça.

Elle ne sait plus. Peut-être il y a très longtemps il était une fois.

Avant que tout ne se désagrège.

Une toute petite fille.

Ça lui revient. La chanson. Elle a déjà su. À la tendresse. À n'en plus pouvoir. À pleins poumons. À pleine poignée. À pleine capacité. À en hurler. À en avoir mal. À en mourir.

Mourir. Rien de plus. Soulager la souffrance de l'être. Se soumettre à la tentation. Mettre fin à ses tourments. Vouloir mourir encore et encore. N'en être capable jamais.

Être lâche et de tous les combats. Se donner entièrement pour n'être plus rien. Taire la douleur en chantant. Dénoncer pour faire avancer les choses. Éloigner les limites et mettre son âme à nu. L'offrir en partage et se déposséder complètement. Se noyer dans l'ivresse et se sentir en vie.

Si peu.

C'est une vieille âme percée de bord en bord. Les idées, les mots et les chants se sont perdus. L'existence, envolée.

Exister comme tout le monde, elle n'a jamais pu comme personne.

Le bonheur, quel joli nom.

Elle s'esclaffe de nouveau.

Elle se voit toute menue et perdue au milieu d'une immense scène comme dans un trou. Les bras au ciel, elle s'emporte, s'enflamme et s'embrase.

On dirait un spectre.

Celui d'une femme libre, saine, équilibrée, fougueuse, jouisseuse, rieuse et heureuse débordante d'énergie au charisme incroyable. D'une femme adulée et enviée.

Cette femme n'a jamais existé.

Elle ne fait plus très bien la différence entre l'être et le paraître. Le vrai du faux. L'hier et l'aujourd'hui.

Elle repart dans un grand éclat de rire. Pense à ses enfants. Encore à une chanson. En ce temps-là, la vie était…

Pas vraiment. La vie, ce n'était pas ça. Elle a été une mère malgré tout. Ça ne s'apprend ni ne s'achète. Elle le sait.

Ce rire est faux. Elle le sait aussi.

Que ses enfants lui pardonnent. Elle les a aimés. Elle le jure. Du mieux qu'elle le pouvait.

Elle s'arrête. Regarde au loin. Lumière floue.

Mauvaise mère.

Quelques larmes. Mommy, mommy.

Mauvaise vie.

Quelques larmes. Mommy, mommy.

Mauvaises pensées.

Quelques larmes encore. Mommy, mommy.

Ses enfants, son grand malheur, sa grande défaite.

Elle y pense constamment. Partout.

Un drôle de type l'interpelle. Elle lui sourit machinalement.

Angle Saint-Denis et Marie-Anne. Plateau Mont-Royal. Il fait beau. C'est le début de l'automne. Les trottoirs sont bondés. Elle se sent minuscule. Se fait bousculer. Personne ne fait attention aux autres. À elle. Regarde devant. Au loin, la lumière est toujours floue.

Elle est un peu perdue.

Fragile et si peu de chose.

Elle sait qu'elle n'est pas très loin de chez elle.

C'est là qu'elle doit aller. Ce n'est pas loin. Elle peut le faire. C'est tout prêt. Elle connaît le chemin. Elle peut y revenir en toute sécurité. C'est vraiment tout prêt. Elle le peut. Ce n'est pas loin.

Sur le chemin du retour, elle pleure. Elle pleure l'oubli, et l'idée de la mort l'accompagne comme une bouée de sauvetage remontant au-dessus de l'eau.

Ce n'est pas une vie, l'errance. Un état de non-être.

Elle inexiste.

Elle ne veut pas de cette inexistence ?

Mourir. L'évidence même.

L'heure de la délivrance a sonné. Elle est au bout de ses peines. Elle n'en peut plus de ne plus savoir. De ne plus pouvoir. De ne plus contrôler quoi que ce soit. De ne plus penser correctement. De se détériorer tranquillement. De se perdre trop lentement.

C'est ça l'aphasie. C'est le cancer de l'inexistant qui assiste à sa mort. Subtilement.

Chaque décision qu'elle ne prend pas, chaque chose qu'elle ne fait pas, chaque pensée qu'elle oublie, chaque mot qu'elle ne prononce plus l'enfoncent misérablement dans les sentiers de cette mort inéluctable.

Ce n'est pas une vie.

Son entourage insiste. Il faut continuer à se battre. Garder espoir.

Elle leur a dit. De s'attendre au mieux.

Elle doit en finir avec les mots.

Non. Avec...

Avec les maux.

Personne n'a osé ajouter quoi que ce soit. Personne ne lui a demandé quand elle allait... Et elle, elle n'en parle plus. Ça lui appartient. Elle veut mourir en paix. Comme elle l'entend. Ne pas être dérangée par des futilités. Choisir le bon moment. C'est tout ce qui lui reste.

Elle croit que ce sera peut-être le plus beau jour de sa vie. Ce qu'elle aura le mieux accompli. Elle y pense depuis tellement longtemps.

Ça ne tardera pas. L'automne pèse une tonne. Rien que de penser à l'hiver... Tellement ancré.

Cette année, elle n'endurerait pas le froid. Elle ne s'imagine plus la neige, les bottes, les manteaux, le froid, la glace, le verglas, le gel et la solitude.

Et puis, après l'interminable hiver, vient le printemps. Éternel symbole de la renaissance des choses. Très peu pour elle.

Parfois, mieux vaut ne pas renaître.

En finir à l'automne, ce serait parfait. S'en aller en emportant avec soi la mélancolie de cette saison. S'éteindre dans la grisaille automnale. Sa saison préférée.

Le klaxon d'une voiture la ramène à la réalité.

Elle se tourne pour mieux voir ce qui se passe.

Elle est seule au beau milieu du boulevard Saint-Joseph.

Table

Dans la même collection

Au passage
Emmanuel Bouchard, 2008

Enthéos
Julie Gravel-Richard, 2008

La Deuxième Vie de Clara Onyx
Sinclair Dumontais, 2008

Comprends-tu ça Laurette ?

Cécile Hélie-Hamel, 2007

Imago

Louis Laliberté, 2007

Les Battures

Nelson-Martin Dawson, 2007

Le Morveux

Guildor Michaud, 2006

Col romain et culottes de tôle

Alonzo Le Blanc, 2006

Chroniques d'une petite enfance

Pierre Bureau, 2006

Cher Émile

Éric Simard, 2006

Le Collecteur

Mireille Bisson, 2005

Saisons atikamekw

Line Rainville, 2005

Pour effectuer une recherche libre par mot-clé à l'intérieur de cet ouvrage, rendez-vous sur notre site Internet au www.septentrion.qc.ca

Tous les livres de la collection Hamac sont imprimés sur du papier recyclé, traité sans chlore et contenant 100 % de fibres postconsommation, selon les recommandations d'ÉcoInitiatives (www.oldgrowthfree.com/ecoinitiatives).
En respectant les forêts, le Septentrion espère qu'il reste toujours assez d'arbres sur terre pour accrocher des hamacs.

PROTÉGEONS
NOS FORÊTS

CET OUVRAGE EST COMPOSÉ EN ARNO PRO CORPS 13
SELON UNE MAQUETTE RÉALISÉE PAR PIERRE-LOUIS CAUCHON
ET ACHEVÉ D'IMPRIMER EN JANVIER 2009
SUR LES PRESSES DE L'IMPRIMERIE MARQUIS
À CAP-SAINT-IGNACE
POUR LE COMPTE DE GILLES HERMAN
ÉDITEUR À L'ENSEIGNE DU SEPTENTRION